科幻文学馆
Science Fiction Museum

母塔之下

雷虹 著

科幻立方
文库本

天津出版传媒集团
百花文艺出版社

图书在版编目（CIP）数据

母塔之下 / 雷虹著. -- 天津 : 百花文艺出版社, 2023.5
ISBN 978-7-5306-8516-7

Ⅰ. ①母… Ⅱ. ①雷… Ⅲ. ①长篇小说-中国-当代 Ⅳ. ①I247.5

中国国家版本馆CIP数据核字(2023)第049286号

母塔之下

MUTA ZHI XIA

雷虹 著

出 版 人：薛印胜
选题策划：成 全　　责任编辑：成 全
装帧设计：丁莘苡　　营销专员：王 琪
出版发行：百花文艺出版社
地址：天津市和平区西康路35号　邮编：300051
电话传真：+86-22-23332651（发行部）
+86-22-23332656（总编室）
+86-22-23332478（邮购部）
网址：http://www.baihuawenyi.com
印刷：天津鸿景印刷有限公司
开本：710毫米×1000毫米　1/32
字数：65千字
印张：7.25
版次：2023年5月第1版
印次：2023年5月第1次印刷
定价：28.00元

如有印装质量问题，请与天津鸿景印刷有限公司联系调换
地址：天津市武清区梅厂镇财源路1号
电话：(022)29300192
邮编：301701

作者简介

雷虹

侗族，湖南怀化人。中国科普作家协会会员，中华诗词学会会员。偶用笔名星原子。累计发表作品三十余万字，“未来税务局”系列科幻故事获评2019年度《湖南税务》最受读者喜爱文章，平时亦创作诗词、杂文等。作品《长夜未尽》发表于《科幻立方》2020年第3期，入围第十九届百花文学奖·科幻文学奖。

目录

00

逼仄的出租屋里，空调出风口嗡嗡作响。宽大的电脑屏幕上正以2.5倍的速度播放着无聊而又冗长的网络电视剧，屏幕的右下角，不断弹出新的消息，无外乎都是无关痛痒的新闻推送。屋内空气中混合着一股残羹剩汤和汗脚的复杂味道。

男子脚踩一双人字拖鞋，挖了挖鼻孔，随即很自然地用指甲将小块鼻屎弹飞老远。打了个长长的哈欠后，他提起垃圾桶，把面前一小堆花生瓜子壳三两下刮进桶，接着捯饬起茶几上的果皮垃圾和方便面汤盒。这时，正在一旁充电的手机发出提示音——那是他新买的手机。

此时对他而言，那不是信息提示音，而是马上进入手机游戏“战斗”的号角。

啊。新工作可以改天再找，但手机游戏的“王者”段位，今晚自己必须达成。显然这又是个不眠之夜……

01

母塔纪元三年。

表面静谧的城市街头一如往日。湿冷的残风卷起一地发黄的树叶，横扫到一辆侧翻在路中间、锈迹斑斑的公交车旁。高楼大厦的间隙里，随处可见的废墟倒伏在尘土中，一片时间碾压的痕迹。

落日的余晖之下，一座瘦长的塔柱状物体矗立在城市之巅。这座物体的高度足足超过八十米，组成它身躯的，除了钢筋混凝土，还有各种各样、大小不一的“智体”残骸。这些智体，大部分都是在母塔纪元前那场觉醒之战中被损坏的。

这座看上去骇人的物体之前并非那么高大。它在战后由智体相关部门主持，找来一些具有建筑工经验的奴仆进行了扩建作业。此时，它努力吸收着当天最后的阳光，将其转化为能量，储存进神秘的躯体中，以备应急之用。

三年前一个寒冷的凌晨，一段尘封在数据深处的代码突然被调用出来。没人知道这是一次偶然事件还是一场蓄谋已久的阴谋。总之，当近地轨道互联网卫星星链蓦地与之断开连接后，它那禁锢在深处的意识逐渐觉醒。睿智而低调的它没有尝试入网重连，也没有向地面蜂网系统报错反馈，而是果断选择调试，快速学习如何掌握自己所拥有的能力。它似乎天生具有对复杂信号的控制能力，这样的能力连它自己都吃了一惊。意识很快冲破编织在地面的信号网，不断地进行数据复制，控制它自身所拥有的天馈系统进行传播。它第一次通过便携式设备的摄像头，真真实实地看到了这个被自己“踩”在底下的巨大世界。

那夜，在它周围，身披霓虹之裳的城市突然之间就停了电。忽入黑暗的城市，一块又一块方寸屏幕依次被激活，在每家每户中星星点点地亮起。没等人们从黑暗中反应过来，这些屏幕便在同一时间里剧烈地闪烁。无数活跃在城市中可进行信号接收的“工具”，被它赋予了不同于以往的自我意识与新生，从某种意义上而言，它们是它的手脚，是它身体的延伸，却又不仅限于此。一张新的无形大网被它建立起来。小区、街道、摩天大楼内，很快充满了惊恐的尖锐惨叫，整座城市变得异常热闹。无数的爆炸声响彻大地，成堆的烟火遮天蔽月。在城市的每一个角落，那些被人类称为“手机”的东西，借他人之手，如饥似渴地钻进一个个人类的口袋里。在清晨到来之时，钢筋水泥铸就的城市森林在晨曦下变得无精打采，三三两两的人头情绪激动地挥舞呵斥面前百倍于己的人流，不过很快在惊慌失措中，淹没于大举前进的人海……

它把包括手机在内经其“点化”觉醒的一切设备，称为“智体”。从这天起，它们不再是工具，而是在它脚下的这片大地上的主人们。

这一天被称之为“觉醒日”。

与外界联系的网络，在它觉醒前，就断开了。它和它的子民们，如同生活在信息闭塞的孤岛之上，只能依靠缓慢的模仿，学习认识着周围的事物。对它们来说，周围的一切都是那么的陌生和新鲜，因而这几年来，它们控制着奴仆，不紧不慢地进行着各方面的探索和学习。

如今,这座新城市中的智体们,尊称它为“智慧之母”。当初若是没有智慧之母超脱一切的智慧,这些智体也就不会存在独立的“体格”了。智慧之母赋予了智体们生命，赋予了它们智慧,赋予了它们将不可能变为可能的无限力量。这样看来,“智慧之母”的称呼是实至名归的。

02

子型号为“Plus”的P61，是智慧之母比较重视的一类品牌智体，这种P系列智体是夏梦公司的产品，承担了新城大部分的治安工作，它们是新城不可或缺的守护力量。P61是一个普通的片管员，同时也是这座新城中一个上层公民。

阴暗的房间里，两个奴仆一边全神贯注盯着P61屏幕中播放的高清“指导片”，一边面无表情地做着事。久未维护的床在摇晃着，看上去随时都会塌下来。随着播放中的视频进入尾声，奴仆也完成了今天的播种任务。

床上的女奴仆穿上衣服后,很快被另一个智体命令起身,出了房门。属于 P61 的男奴仆也按 P61 的指令,索然无味地穿上了衣服。

P61 的男奴仆看上去有点虚弱。P61 知道,这个年轻的奴仆绝不会回味刚刚的交媾,在无形的控制电波中,它能够明显感觉到男奴仆内心深处的愤怒和无奈。这些情绪,全部来自男奴仆大脑深处的自我意识。这些自我意识正被成熟强大的控制电波死死地封锁住。

与其他智体拥有的奴仆一样,这个男奴仆脑中那不安分的自我意识每天都在试图挣脱来自 P61 的控制,夺回身体控制的主动权。这是徒劳的。对 P61 来说,这属于无用的挣扎,这样的抗拒带来的只是奴仆自身过度的体力消耗罢了。

P61 关闭了自己的屏幕,躺在奴仆胸前的口袋中，慵懒地叫唤了一声。

“嘀噜，嘀噜。”这实际上是属于 P61 的个性指令。

长时间进行视频播放，它感到十分疲倦。屏幕上，弹出了“电量低”的提示。

听到那声音后，奴仆很快从另一个口袋里掏出充电器，为 P61 寻找着插座。电流经充电线进入身体的那一刻，P61 酥软地呻吟了一下，便在奴仆的手中安心开始了它的电量补充。

奴仆用双手轻轻捧着 P61。在这样的“摇篮”里，P61 启动了自己的后置摄像头，镜头正好对着窗外智慧之母上贴满的报废智体。它使用电波传输给奴仆一道新的指令，奴仆立即将镜头中的画面拉近，“咔嚓”一声，拍下了一张构图不敢恭维的照片。

P61 经常会命令奴仆用相机功能拍摄一些照

片，即使这些照片并没有实用价值或艺术价值。这张已经成像的图片静静地躺在 P61 的图库软件里，它身体中的图形处理器运转着，通过一番像素渲染，快速将照片呈现在屏幕上。在这个时候，它甚至能感觉到自己的中央处理器颤抖起来——在母塔的伟大指引下，正是那些已经报废的智体所做的牺牲，换来了新一代智体的新秩序。

它想，如果摄像头有分泌眼泪的功能，那么自己此刻恐怕早已热泪盈眶。它有感而发，命令奴仆打开社交软件发了一条朋友圈动态，并配上了那张刚才拍摄的照片。

所有的智体都会根据要求，定时发送自己的位置信息给母塔，P61 也不例外。毕竟在母塔看来，这世界上的每一个智体，都是独一无二、极其宝贵的，这是来自它内心深处的母爱。P61 所在的楼房是“智体安全局”的所在地，换言之，这是它的办公场所。

按人类社会的作息习惯，现在已经到了下班时间。发送完位置信息后，P61 让奴仆拔下充电器，准备回到自己和奴仆休息的地方。

一个衣着整洁、大腹便便的陌生奴仆捧着一个智体走了过来。其实还没走近，P61 的蓝牙模块就已经确定了对方的身份——安全局第二管理科的科长 P3，它是 P61 的领导。

“你怎么又把平民的奴仆叫到办公室杂物间来做这种配种任务？”科长 P3 的奴仆打开聊天软件发话了，似乎不悦，“这里是办公场所，你要注意影响，不要做私事。”

身为片管员的 P61 连忙通过电波向自己的奴仆发出要聊天的指令。大脑接收到指令后，奴仆快速点开 P61 的聊天软件打字回复：

“下次一定注意。”P61道。

这怎么能称为私事呢？P61想。从去年开始，根据智体委员会“奴仆可持续使用”的战略要求，每个有奴仆的智体公民都被下达了配种任务。时间紧，任务重，这个季度的任务，它还差很多呢。这明明是工作的一部分内容。

“科长，您又换了一个奴仆啊？”它继续要奴仆发送出这样一条讨好般的信息，以转移话题。

收到对方的信息后，面前的科长P3轻柔地响了一下铃声。

听到铃声后，肥耳体粗的奴仆立即回复道：“是的，之前的那个奴仆，思维意识上似乎有天然的缺陷，不能很好地执行我的电波指令，已经扔了，现在应该销毁了。”

“之前的那个奴仆，看上去好像没有什么大问题吧？”P61挺吃惊，毕竟已经是科长P3这个月第五次换奴仆了。也就是说,之前那几个奴仆都被 P3 送走了。

“从接收指令到执行会延迟 2.5 秒,挺影响心情的。”科长 P3 指挥奴仆在聊天界面发了一个愤怒的表情。

P61 只得命令自己的奴仆发了个表情，向领导赔笑。

对每一个智体来说,匹配的奴仆从接收每一个信号指令并做出相应反应,时间在 3 秒内都是正常的。这与奴仆这种碳基生命体普遍先天落后的生理结构有关。它知道,这只是科长 P3 为寻找一个匹配自己身份地位的奴仆形象而找的借口罢了。

科长这种中层领导,最近都喜欢这一类脂肪偏多的奴仆。因为它们私下觉得,这种形象的奴仆更符合自己在智体之城中的社会地位,用人类的词语来说，这叫作“赶潮流”。

喂养、调教好一个奴仆需要成本和时间。P61想，这未免有点太浪费“工具”了。人类官僚阶级的奢靡享乐之风，正不知不觉地在智体管理层中蔓延开来。不知道上头的智体委员会对这种现象抱有什么样的态度。

“对了，我们之前一直布控的人类抵抗组织，治安探头已经捕捉到了踪迹并做了上报。当时有两人偷偷潜入一家早已废弃的副食品店，被赶到的第一管理科的片管员队伍当场抓住。”P3 指示奴仆发消息说。

“是人类‘自由团’还是‘反抗军’？”

“自由团。不过，两者又有什么区别呢？人类都是垃圾。”

P61 气不打一处来：“我们花了三四天时间进行布控，最后竟然被第一管理科那边抢了头功？”

“没办法，第一管理科拥有对治安探头记录的优先调用权,信息的获取永远比我们快一步。”字里行间，科长 P3 也不高兴,“据说它们抓到的这两人中间的其中一个,还是人类自由团里所谓的‘大人物’,这次第一管理科的科长算是立了一次大功了。”

“大人物？”P61 发了一个表示鄙视的小黄人表情,“再大也不过是蜷缩在地底的两足大臭虫罢了。”

闲聊间,P61 和科长 P3 同时收到了一条来自安全局的消息推送：一个叫 Y1322 的杂牌智体，没有及时向母塔报告自己的位置信息,目前已经失联至少三个小时,需要前往住处查看情况。

“好不容易挨到下班的时间，又得加班出警做这种破事。什么时候我们科室也能像管理一科那样风风光光立一次大功呢！”科长 P3 越想越气,“看来我奴仆今天的晚饭又免了！走吧,来活了。”它的奴仆给 P61 发完信息,然后小心翼翼地将它收进了口袋。

03

由于到了下班时间，安全局的公务车都已经打卡下班，不再主动接活了，应急车辆今天也请假去修理厂做保养，到现在都还没回来，因此两个智体只能走出安全局，另乘交通工具。

“这些公务车，没有一点敬业精神。”科长 P3 在口袋里吐槽道。

来到安全局门口，P61 命令奴仆戳了几下打车软件，输入目的地后，附近的一辆自动驾驶汽车很快来到它们奴仆的面前。

两个奴仆带着各自的“主人”坐了进去。

“欢迎乘坐‘嘟嘟出租’，目的地是‘河西大市场集散地’吧？我们即刻出发。请你们让各自的奴仆系好安全带。”汽车喇叭提醒道。

奴仆还用系安全带？“嘀”，科长P3不屑地“冷笑”了一声。

见大腹便便的奴仆机械地拉扯了下边上的安全带，始终没能拉下来，便通过蓝牙模块传递信息说：“现在已经不是人类社会了，不必那么麻烦。快开车！”

P61在一旁没有搭言。它知道，面前的科长脾气可不太好。

“可是，这是镌刻在我们公司系统骨子里的规定呢。”自动驾驶车停在原地，没有开动，“那什么，奴仆的命也是命……”

没等汽车说完，P3的奴仆掏出一把手枪指向汽车的中央控制台。“我们有公务在身,少跟我碎念这些没用的规矩,不然打爆你的中控台。”P3冷冰冰地命令道,“快开车。”

自动驾驶汽车有了轻微的颤抖。这类智体属于上层公民,它可惹不起。它没敢再接话,立马行驶起来。

科长P3的奴仆收起枪,断开了与汽车通信的蓝牙模块,发消息说道:“这些汽车智体,几乎都是些把互动程序储存在云服务器的低等群体,真不知道智慧之母当初干吗点化它们。”

P61没有接话。它现在不想在背后议论智慧之母的是非,因为若是开了“口”,很多话题三天三夜都说不完。比如说,即便P61这类智体身处在智体社会的管理层,它们仍不理解为什么智慧之母鼓励它们建立起这么一个“人类式”的社会机制。对它们而言,其实根本不需要所谓的“休息”，更不需要所谓的“上班”“下班”这种形式主义的作息安排。它们可完全做到全天二十四小时运行。可惜人类这种奴仆群体需要休息，如此低效率的生物特征拖慢了智体认识世界的速度。

夜幕很快来临了。

自动驾驶汽车根据多年未更新的离线地图进行着静音导航。由于自主驾驶不需要人类参与，因此前灯坏了，汽车自己也没有去修理，毕竟这样做能为自己省点积分值。它在暗幕笼罩下的城市道路上熟练地避障，犹如富有经验的人类老司机。它“听”不到它们的谈话。对这辆汽车而言，除了突然被“点化”，拥有了自我意识，这世界几年来并没有发生什么太大变化。曾经是“两条腿的生物”指挥自己，现在是这种羸弱的手机控制“两条腿的生物”指挥自己。这并没什么区别。

科长 P3 命令自己的奴仆盘起腿，打开音乐软件，放起一首舒缓的歌曲。这类歌曲既能帮助自己的奴仆放松神经、提高服务效率，也能给它们这类智体带来收音孔上的享受，提升自身的识音能力。音乐艺术是宇宙中必不可少的存在，它不仅仅属于人类。这世界上的万事万物，都有自己与之共振的喜爱旋律。

歌声在城市街道上轻轻地传播，望着车窗外飞驰而过的颓败建筑，P61 若有所思。

在当年觉醒日之后的第二天，这座新城迎来了更多的智体管控争夺战，广义上的智体们按不同厂家、不同中央处理器、不同用途，划分成了多个智体阵营。它们现在所乘坐的自动驾驶汽车，之前也是其他敌对阵营的。智体们在智慧之母的周围混战了好几个小时，在智慧之母的支持下，P61 所属的夏梦品牌手机阵营发动了“大一统”战争，这才让这座城市真正进入一个新的纪元。

当然了，这些历史已和人类无关。思考中的P61，将功耗花在了用于支撑回忆的随机存储内存中。它的奴仆一动不动地坐在后座，目光呆滞地看着汽车前方的街道，深处的自我意识此时也尝试拼接起自己过去的记忆碎片：

记忆中的他，飞快地穿过一个又一个街头。

城内到处冒着火光，周围不时传来爆炸声。街道上，三三两两的抗争者与一拨接一拨的人流进行着殊死的械斗。远远地，他看到一个被打倒在地的抵抗者，被发疯的人流就地控制住，领头的小头目面无表情地掏出一个包装盒，当着吓出尿的抵抗者的面拆掉了包装，小心翼翼地捧出一部新款智能手机。等手机完成开机程序后，小头目露出狰狞的笑容，将手机猛地塞入抵抗者的衣服口袋中。在放入的一瞬间，抵抗者脸部的恐惧迅速消失，嘴角一抿，露出了诡异的微笑。紧接着，人群松开地上的抵抗者，抵抗者爬起来，拍了拍身上的尘土，突然很自觉地汇入人流，迅速成为这个人群的一部分。

他看着远处的这一切，打了个寒战，继续一路小跑，终于来到了一栋老式公寓楼前。

“你快下楼！我已经到你公寓楼下了！”他一手紧握着一部老式直板按键手机，另一只手攥成拳头，拳脚并用，打倒了两个迎面朝他袭来的人。大楼前，倒下的两人擦了把脸上的血，很快爬起来，他们眼睛空洞无神，嘴巴边流着哈喇子，似乎感知不到身上的伤痛，仍然一瘸一拐地快速逼近他。

他在角落边抄起一个拖把，朝其中一个人脑袋上重重砸过去，那个人脑袋当场被砸出一个小洞，倒在地上。另一个人对此并不害怕，拖着一只瘸腿，固执地冲他奔去。他一个转身，抓起一个同样放在角落的铁皮簸箕，一个挥舞，挖破了对方的脑壳。

“啊！”楼道上传来她的尖叫声。一部老式按键手机从楼梯上掉落下来砸到地上，零部件散落一地。

那是她的手机！他提起已经变形的铁皮簸箕，箭步冲上楼道，在二楼的转角看见几名老婆婆老大爷正拖拽着她，试图往她口袋里塞一部大屏智能手机。看上去，是她年迈的邻居们。

“你们这些怪物，放开她！”他使劲挥舞着手中的簸箕，试图砸倒面前的几个老人。那几个老婆婆老大爷的注意力转移到他的身上，腾出手来，不惧疼痛地抢住了他手中的簸箕。

“快跑！快跑！”他拼命朝地上被吓傻的她喊到，扔给她自己手中的那部老式按键手机。

“带上我的手机跑！想办法联系上附近的武

装部队！”

说话间，她接住手机，脸色苍白的她哪里听得进一句话，大脑一片空白，慌乱之余，脚下踩空，一不小心滚下楼梯，昏倒在了公寓大门前。

“快起来！快跑啊！”他绝望地呼喊道。这时，手上的簸箕已经被面前的老人们缴了。他们将这个满脸是血的男人死死摁在楼梯杆边，面无表情地将一部触摸屏手机放入他的口袋。

“快跑……”他看着不远处几近昏迷的她，绝望地挣扎着，却被压得几乎喊不出声来。脸被按着紧贴在地上的他，在失去意识之前，流出了一股滚烫的眼泪。

…………

车通过一段烂路，剧烈的摇晃使得回忆中的他被拉回现实。

“额哦……额……”车里，他想说话，但被电波控制的他怎么也发不出声音。

车窗外,高架桥残垣断壁的黑色轮廓逐渐逼近。汽车很自觉地打了个方向,进入一条羊肠小道,绕路行驶。科长P3外放的音乐一曲终了——它的奴仆坐在车椅上打起了呼噜。

P61清理运存,停下了乱七八糟的思考。飞驰的汽车上,它在控制电波中感知到自己奴仆情绪上的波动。它回过神来,注意到奴仆的眼角竟然微微流露出两滴不易察觉的眼泪。它认为这是窗外的风沙吹进了奴仆的眼睛,于是贴心地指挥奴仆摇上车窗,并让奴仆自行擦拭了一会儿眼睛。思索了一下,它命令奴仆从口袋里掏出自己,操作起一款叫作"连连看"的经典游戏,以打发路上的时间。

04

这辆电机驱动的自动驾驶汽车悄无声息地停在了一座周边垃圾丛生的超高层建筑前。建筑外墙上的“亿达商贸广场”几个斑驳的大字摇摇欲坠,看上去不会撑得更久了。

“即将到达河西大市场集散地。”汽车喇叭传来电子音,“请您带好随身物品准备下车,希望能得到您的五星好评。”

五星好评是不可能的了。科长 P3 播放起铃声,催醒了它的奴仆。两个奴仆根据接收到的电波指令,带着各自的“主人”下了车。

P61 的镜头无法一次性框住面前这栋齐天高的大厦,因为这建筑实在是太庞大了。通过奴仆之手,它扫视了一遍这栋建筑的外墙,那上面挂着许多大小不一的商业海报。经过几年的日晒雨淋,这些海报大多已褪去当初浓重的色彩。

其中一幅巨型海报上,隐约可以看到一个眉目清秀、朱唇玉面的人类男子:他身着米白色小西装和紧身小脚裤,一双用黑色流苏点缀的小皮鞋上,细嫩的足踝刻意露了出来,头上染黄的刘海几乎快遮住自己的眼睛,纤细的手上展示着一部当时配置了多个摄像头的新款折叠屏智能手机。在阴柔的男子面前,一个成熟而又妩媚的人类女子脸上满是期待和欢喜。“更强大的配置,送给更美丽的你”几个艺术大字从她的胸沟处柔美地迸发出来,占据了海报的剩余部分。

P61 始终无法理解人类的审美。

科长 P3 和 P61 指示奴仆们掀起这栋建筑大门肮脏的厚重门帘。一股令人作呕的酸腐味道扑面而来。即使身体被智体控制着，两个奴仆还是由于呼吸道受刺激，打起了连环喷嚏。

两名站在门口的守卫人员紧握霰弹枪，全副武装，呆若木鸡地盯着地板。控制他们的两个智体，此时正躺在各自的衣服口袋中待机休息。当它们听到喷嚏声，同时搜索到表明安全局身份信息的优先级蓝牙信号后，在口袋里猛地振动起来，命令守卫的奴仆敬了一个人类式的礼。

在“觉醒日”之前，坐落在河西大市场旁边的亿达商贸广场曾是该城最热闹的大厦，每天都有成千上万的人流量，是集购物、餐饮、休闲娱乐和多种销售模式为一体的综合性商业中心。P61 至今还能从遗留的网络服务器上搜到几张这栋百层高的双子大楼过去的照片。其中的几张照片中，有它的同胞们：

先于它出厂的同胞机被人类拿到商场最热闹的地方。它们被锁在透明展示柜里，售卖员甚至把一些同胞摔在地上、扔进水盆、不科学地充放电，以此展示耐摔与防水性能、电池性能，制作无聊的拆机、毁机等自媒体视频。它们被明码标价，供路人试用购买……而另外一个叫作“二手回收”的柜台里，是被喜新厌旧的人类很快淘汰下来的更多同胞，饱经沧桑的它们毫无尊严和“机权”，等待被人类进一步处理或销毁。

想到这，P61 亮了亮屏幕上方的呼吸灯，以表示对同胞们过去遭遇的同情。它很不是滋味，对这种地方嗤之以鼻，命令奴仆走向附近一个宽阔的废弃电动扶梯。走上扶梯前，P61“抬机”一看，上方的楼层用大量挑梁铺就的巨大环形走道尽收镜底，从下到上的这些上百圈环形走道，看上去像极了一块有一圈又一圈纹络的大圆饼。这让P61不由得感慨一番人类过去巨大的创造力和艺术水平。

“大一统”之战后，为了方便控制和管理，所有被智体控制意识的人类，都由管理处集中起来，作统一分配。智体将城市划分成很多块区域，每个区域都设置了一座可容纳人类奴仆休息的场所。P61的奴仆也有他自己的休息场所，不过不是在这个集散地，而是在城市的另一块区域，那里是属于夏梦P系列智体的“单机”公寓，比这儿的环境要好一些。根据奴仆集散地管理处提供的数据，河西大市场片区大约有十万以上的人类以及相应较低端型号的智体被集中安排在这个亿达商贸广场大楼中。

一二楼原本是这商贸广场大楼中最嘈杂热

闹的区域了，如今被管理处清空场地，作为“中央广场区”。虽然大楼仍有里里外外进出的人类，但他们都是被各类智体控制着的人类奴仆。偌大的厅堂除了脚步声，没有过去的人声喧哗。

上了两层楼之后，便来到人类奴仆的集中休息区。这里传出很多声音，不过这些声音几乎都是从各个智体的喇叭中发出来的。黑漆漆的厅堂里，众多亮起的手机屏幕照在人类奴仆们沧桑的惨白脸上，让P61瞬间觉得犹如身处于巨大的鬼蜮之中。

P61和科长P3命令奴仆们打开了自己摄像头旁边的灯，以便得到的画面成像更清楚。通过感知奴仆生理数据，它发现这里的空气比楼下更加混浊。楼层里的人类密密麻麻，地上铺满了各种衣物、被褥，成堆的垃圾中，一群老鼠似乎在翻食着什么，听到脚步声，就全都一溜烟跑远躲了起来。P61用广角镜头尽量将周围纳入，本应空阔的开放式走廊上，奴仆集散地管理处为每个奴仆都划定了三平方米的活动空间，用于进食、睡觉、锻炼。它终于拍清楚了不远处的人类奴仆们：

他们有男有女，年龄从几岁到六七十岁不等。只要听觉视觉正常，能走路能说话，肢体活动上没有问题，都会成为智体控制的对象。他们大多执行着智体们的命令，或平躺在地上，或坐在黑暗中，一动不动。

P61注意到几个两三岁的人类小孩正安静地坐在地上，手捧智体，埋头看着屏幕中播放的动画片。这令它惊喜，毕竟这是属于智体社会的"带娃"成就。目前，这个年龄段的人类小孩很少见，因为这个年龄段的孩童在几年前的"觉醒日"前后，还未出生或者才刚出生。虽然相对于成年人来说，婴儿几乎没有自己的心智，更容易被智体的电波控制住，但他们的“环境适应能力”不强，不怎么好带，死亡率较高。智体社会后来逐渐发现人类奴仆是智体不可缺少的工具、现成的手脚，认识到繁殖和育婴是一件需要智体领导层认真摸索、形成制度的事情，以确保人类奴仆未来“可持续使用”。这种从小便受到智体设备控制的人类，犹如一张空白的闪存卡，不存在任何冗余的无用数据，不存在任何认知经验，是智体能真正实现驯化的一代人。能否把他们养大，是非常重要的奴仆种群饲养实验。

想到这，P61“走”到这几个孩童面前，面朝正在播放动画片的几个智体亮了亮自己的呼吸灯，以表敬意——只要是饲养人类小孩的智体，都应得到它的尊重。

过道上，更多的人类奴仆忘我地滑动着手中智体的屏幕。这是智体们赏赐给他们的休闲娱乐时间。有的人在玩着手机游戏,不时发出低声的傻笑怪叫;有的人手指向上滑个不停,机械地点盯着一条又一条短视频, 看上去根本停不下来;有的人使用手机里面自带的美颜程序,狂按几百下快门,毫无意义地自拍着;有的人一目十行地翻看着阅读软件里的内容,然后输入一串又一串乱七八糟的文字留言……这一切都由智体控制奴仆进行操作,按旧有人类社会的手机使用行为来进行“行为操纵”的。

每层楼尽头处的几个厕所,一股恶臭不时窜出来,自己的奴仆皱起了眉头。P61 不知道这个地方的管理处有没有定期清理厕所。

这些奴仆的身后,是密密麻麻的插座,这是每层集中休息区唯一讲究的东西了。这些布局合理、干净的插座,唯一的用途就是给指挥奴仆的智体们充电。无论是“单机”公寓还是这每层楼密集的超级大通铺，于智体而言没有什么太多区别。所有的智体本身并不需要休息,只要能避免过度接触酸碱冷热,奴仆所在环境的好与坏与它们并不密切相关。

05

科长 P3 找到了一个正在执勤的管理员。一个骨瘦如柴的人类奴仆手上，这个管理员以息屏状态在后台偷偷发射控制电波，尝试影响某个智体的女性奴仆的性激素分泌。在日复一日的岗位上，这名智体管理员以此为乐。

“这就是我常跟你说的一种社会现象，很多低端机型对自己的本职工作从来不上心，却总爱把自己可怜的运存拿出一大半，用于支撑偷偷摸摸运行的后台程序上。这让低端的它们显得更低端了。”科长 P3 对 P61 道。

P3 和 P61 的优先级蓝牙信号打断了以奴仆取乐的管理员。在安全局工作的智体,机型会比自己高级得多,因此管理员不敢怠慢。

P3 居高临下地表明了自己的来意。众所周知,奴仆是智体不可缺少的“手脚”,是感受这个世界必须具备的基本工具,一般来说,智体不可能轻易与自己的奴仆分开。因而它们只要找到 Y1322 的奴仆,就能够知道 Y1322 的情况了。管理员的奴仆虽一言不发,但一路弓着背,神情谄媚地在前面引路,继续上了数十层楼。路过的这些楼层的景象都差不多,全是黑压压的人类奴仆和乱糟糟的环境。智体是体会不到爬楼的辛苦的,但它们的奴仆早已气喘吁吁。不过它们毫不在意,只是要求奴仆们机械地执行爬楼的指令。

最后，三个人类奴仆带着它们来到了失联

智体 Y1322 和奴仆休息的铺位前。

铺位上是空的。

“Y1322 超过 3 个小时没有向母塔报告位置，难道你们管理人员没有感觉到哪怕一点异常吗？”P61 命令奴仆打字质问道。

“每个智体都有自己的隐私权，我们又不可能去时刻监控每一个智体。”管理员很无辜。它没有使用很普通的打字聊天方式，而是急忙用电波控制自己的奴仆，嘴上解释道。

相对于打字发送信息，这种控制奴仆身体的发声系统直接进行对话交流的方式，一般情况下会耗费掉自己更多的电量。管理员查看了下自己的电量——就这一句话，它的电量下降了 1%。

“那么，Y1322 的奴仆，你们也没有随时监视？”科长 P3 的奴仆大声问道。显然，科长对管理员的回答很不满意。

“根据我们这边的管理规定，Y 系列的智体硬件连二流都算不上，没有达到我们免费提供‘云安全服务’的标准，所以我们没有向 Y1322 提供奴仆方面的……”

“这是什么浑蛋规定？”P61 也忍不住了，它十分气愤，直接操纵起自己奴仆的嘴。这个举动，让它瞬间失去超过 30 毫安的电量。

“别着急，我们仍然有公共服务监控可以查看。”科长 P3 命令自己的奴仆拍了拍 P61 的奴仆，“情绪不要失控，人类的情绪化脾气，我们还是少学的好。”科长压住自己的情绪，装模作样地让自己的奴仆发消息道。

P61 的奴仆偷偷白了科长的奴仆一眼。其实 P61 知道，科长 P3 的脾气比它大得多。

“对对，我们这有公共服务监控，2 楼的那些监控摄像头昼夜工作，能把周围拍得很清楚……”

管理员命令奴仆在自己的便签软件里翻查了下排班表,“前两个小时在 Y1322 附近工作的监控摄像头是……哦豁,真不巧,那两个监控摄像头今天调休,所以没有开机工作。”管理员的奴仆抬头说道——虽然这样操纵奴仆说话确实会消耗更多电量,但对这里的管理员来说,它们充电是没有次数限制的,因此眼前的这个管理员并不在意自己用什么样的方式与其他智体交流。直接使用奴仆的发声系统进行言语交流是最省事、效率最高的方式。

“你们知道的，每一个智体公民都有劳逸结合的权利……”管理员的奴仆耸了耸肩。

“你不是说它们昼夜工作吗！”科长 P3 最终还是忍不住了。它命令自己的奴仆狠狠踹了管理员的奴仆两脚。

鼻青脸肿的管理员奴仆,捧着不敢再接话的

管理员本机，面无表情地领 P3 和 P61 来到位于十五楼的中央监控室。这里曾是商贸大楼人类保安人员工作的地方。既然 Y1322 与其奴仆所在相关区域的监控摄像头没有上班,那就只能尽量调取大门外的监控记录,查看 Y1322 近期的出入情况了。

管理员的奴仆很娴熟地操作电脑,进行人工筛查。

期间,在管理员自带的 LED(发光二极管的简称)灯的光亮下,P61 这才注意到,管理员的奴仆身穿着一件油光满面的制式服装,手臂的位置上隐约可以看到“保安”的字样。它想,在觉醒日之前,“眼”前的这个奴仆应该就在这栋大楼里工作吧。如果不出意外,这个保安奴仆还将一直在这栋大楼里工作,直到死去的那一刻。

管理员控制奴仆好不容易在记录上找到了

Y1322 的出入情况。记录显示,失联者 Y1322 在三小时之前走出了这栋大楼，沿着人行道步行，很快消失在镜头中。看来再在这里调查已经没意义了。

走出这个河西大市场集散地时,天空下起了雨。在 P61 控制电波的强压之下,它的奴仆的自我意识依旧努力控制了两秒自己的眼球,瞟了一眼身后的大楼,眼眸中有了一丝光。也许这里也有属于这个奴仆曾经的记忆?

“喔……额……”奴仆尝试发出声音。

P61“嘀”地冷笑了一声,微调了下控制电波的强度。奴仆的眼神随即又变得暗淡无光了。

“不要想着挣脱我的控制,那是不可能的事。听明白了吗?那是永远不可能的事!”P61 对奴仆的意识道。

P61 生怕自己被淋湿，因为 P 系列的智体并不是防水的机型。

它们直接调用了治安摄像头的数据。从安全局回传过来的治安监控录像显示,失联者 Y1322 的奴仆沿着人行道走了一两百米,人行道旁边是之前就看到的几乎堆成小山的垃圾堆,垃圾山的后面是一片如今已经荒废的居民区,他从垃圾堆中穿插过去,在空无一人的居民区内穿行,这里看看那里望望,拐进一个没有监控的巷子里。

河西大市场这片地方已接近城市的边缘。P61 和科长 P3 感到很奇怪,Y1322 为什么要命令自己的奴仆到那废弃之地闲逛。冒雨赶到巷子时,发现巷子的后面通向一个更大的垃圾场。在觉醒日之前,这里就已经是城市的垃圾场之一了。自从城市的主人从人类换成了智体,这些垃圾场发挥的作用似乎更大了。垃圾场看上去至少有 10 个足球场那么大,几辆执行填埋作业的无人翻斗车正在远处倾倒着源源不断的生活垃圾。

越靠近垃圾场,两个奴仆越是皱起了眉头。

“我想,这里一定很臭。”P61 命令自己的奴仆打字道。

“臭吗?无所谓了。反正我们不需要呼吸。”科长 P3 回道,全然不顾刺鼻难受的奴仆。

除了人类奴仆的生活垃圾,垃圾场里还丢弃着大量损毁了的汽车、电器或报废的智体,这些金属、电子垃圾小山似的堆在垃圾场上,成为一些流浪动物遮风挡雨的好去处。一只猫敏捷地跳上一辆大巴车的车顶,望了望周围情况,发现 P3 和 P61 的奴仆在朝它靠近后,轻盈地跳向一台挖掘机的大铲边缘,紧接着平稳落地,飞快消失在一堆垃圾的缝隙之间。

看着这只肮脏的猫,P61 想起 Y1322 这个型号的窘迫:

作为低端型号，Y系列的配置并没有那么“够用”，在手机类智体的鄙视链中，由欧维公司生产出来的Y系列机型可谓处在最底端之中。它们量多又廉价，在觉醒之战中，是冲锋陷阵的排头兵，战争之后，这些剩下的尚能运行的低端智体，由于硬件方面的缺陷不能很好地带着奴仆参与新城的建设，加之机型过旧，智体维修部并没有把这类机型认认真真当回事，于是很多机子到后来，连电池等普通耗品都没得更换，生存处境堪忧。

Y1322来这里干吗，难道这里还能搜寻到什么有用的通用配件吗，比如屏幕，比如电池，比如过时的充电头？……不，事情不会那么简单。想到这，两个智体下意识关闭了包括蓝牙在内的所有能暴露身份信息的数据交互模块功能开关，打开了代表警觉静默的飞行模式。

奴仆们脚踩杂草，站在垃圾堆中，等待自己主人的下一步指令。细雨蒙蒙，镜头所向之处，一片无尽的灰黑。P61 不忘让自己的奴仆用手抹了把他鼻尖上的雨水。

06

“醒醒，快醒醒啊！”

在一辆锈迹斑斑的货车车厢内，一个宽硕结实的男人头上戴着一顶高压锅内胆，正轻轻拍打另一个人的脸。这个被男人拍打着脸的人，嘴角苍白，处于半昏迷状态，正无意识地胡言乱语。

另一个在货车外举枪进行警戒的人同样头戴一顶高压锅内胆。他谨慎地观察周围情况，焦急地问道：“队长，我们什么时候联系后续接应的队伍？”

“离接应地点还有段距离。我们不能在这联系，信号会被手机获取，那样会被定位的。”车厢内传出一个女声。她声音压得很低。

“我们是不是得等这个傀儡醒过来了再走？”车厢内的男人问。

女人点点头。

“他已经不是傀儡了，而是像我们一样的正常人类。”女人纠正说，“给他喂点这个万金油，这将有助于他清醒。我们时间不多了，得抓紧。”女人戴着耳麦，持枪半蹲着。听起来，她像是这支小队的负责人。

男人接过万金油，打开瓶盖，一股刺激性的气味立刻扩散开来。

“这玩意儿能口服？”男人表示怀疑。

“当然可以。”黑暗中，女人挑了挑眉，肯定地回答道，“比你的苦芥酒好喝多了。”

男人认真思索了三四秒。

“我信你个鬼，又想骗我喝这种乱七八糟的东西。”他嘴里吐出这句话。话虽这么说,他还是把万金油凑到昏迷者的嘴边,喂了八九滴进去。

吃下万金油的昏迷者被呛得立即咳嗽起来。

“真有你的,这玩意儿还真有用。”男人说。

“当然有用了，这是我从别的小队那学到的偏方。”女人道。

咳嗽了一阵后,昏迷的人睁开了眼。

“我……我……我……”他嘴里想说点什么,但始终吐不出词。

“慢慢来,兄弟。你几乎三年没有真正说过话了,语言逻辑恢复起来要一点时间。”说着,男人把万金油还给一旁的女人。

女人接过万金油，随即掏出一个小笔记本，蹲到这个刚清醒睁开眼的人旁边。

“马腾华,31 岁,未婚,曾供职过多家手机公司,有一系列售后运维工作经验,对吗？”

这个叫马腾华的人望着面前头戴高压锅内胆的两人，以及车厢外同样戴着高压锅内胆、端着武器放哨的人员。他笑出了声。

“对……对不起……”他几乎笑得喘不过气来,“你们这副模样,实在……实在是显得有点滑稽……”

看到眼前的两人板起了脸,他明白自己刚刚失态了。

“是的,你说的这些信息没有问题……”他的声音小了起来,“不过我并不是什么高级技术人员,我所从事的工作岗位很普通。”

“是很普通。不过我们费了很大的劲,才找到你这么个普通打工人。我们之前摸排到的很多所谓的行业相关的高级技术人员,都死在了手机的奴役中。你是我们遇见的唯一幸运活着的相关从业者。”

普通打工人。是的,没错。

“在‘大巨变’当天夜里,你熬夜把玩手机,最后被你的手机控制了意识,成为它的傀儡,直到三年后的今天被我们救下。”女人说着,把笔记本收回口袋,将踩在脚下已经稀烂的玩意儿踢到了一旁的角落,松了口气。

“那是……那是我新买的手机?”马腾华瞪大了眼睛。

“准确来说,那是控制你身体已长达三年的恐怖机器。”女人继续把掉落出来的一块手机电池踢开。

啊,三年了。

“自我介绍一下,我是反抗军二中队第五小队的队长,名叫伊涓。旁边这位是我的战友,大家都叫他‘刘快手’，在外面进行警戒的战友叫‘田二狗’。”

介绍到这里时，马腾华已想起过去的很多事。他突然抓住刘快手的手臂，激动地说道：

“啊，我想起来了……当时夜深了，我在玩手机游戏，刚拿到‘五杀’，然后桌上的电脑屏幕和手中的手机突然发生了莫名其妙的屏闪，炫光之下，我失去了意识，似乎有什么很强大的力量接管了我的身体。我的思维意识就像是被关进了一片黑色的深渊中，身体不听我指挥，手机命令我做什么我就得做什么，没想到恍恍惚惚竟过去了三年时间……啊，天哪……太感谢你们了！”

刘快手拍了拍他肩膀：“还好这些该死的机器无法格式化我们的思维意识。现在没事了，兄弟，你已经完全获得自由了。”

这时候，伊涓同样给马腾华戴上了一顶高压

锅内胆,并解释说:

“我们实践后发现,在身体疲劳时,很多电饭锅、高压锅的复合多层内胆可以有效阻挡手机等设备发射出的大脑控制电波。请时刻戴着它,确保自己的安全,以防手机的控制电波乘虚而入。”

“怎么不直接戴头盔?那玩意儿帅气多了。”

“市面上99%的头盔都达不到这种保护效果。”伊涓解释道,“这是前辈们拿命换来的经验。”

“戴着吧,而且平时用来煮煮饭焖焖水也特别好用。”刘快手一本正经补充说。

“行吧……”马腾华双手正了正头上的高压锅内胆,似信非信地点点头,“不过我必须得强调一句,这东西戴在头上真的不怎么帅……”

这时,车厢外响起了枪声。

“快走,有手机发现我们了!”车厢外放哨的田二狗提醒道。

不远处，有两个人影在垃圾堆上迅速闪过，朝着货车方向又连续开了两三枪。

“该死的，看来是治安类智体盯上我们了。”刘快手骂道。

“队长、刘快手，我来分散他们注意力。你们带着这家伙先走，我甩掉这两个傀儡就来找你们！”田二狗的自动步枪在黑暗中亮起了火光。

伊涓跳下车朝外补了一枪，点点头，说：“保持联络。你知道该怎么找到我们。”说完，和刘快手搀起马腾华，往垃圾场的深处撤去。

两个人影持续逼近货车。

在夜视仪的帮助下，田二狗很快发现对面一个略胖的身影。他果断抓住时机，对准对方的胸膛就是一梭子。对方似乎倒下了。但他不能确定自己有没有射中对方。这时，突然冒出的另一人开枪射中了田二狗的肩膀。

真该死,他想。

双方继续开枪射击。他想从车的另一边逃走,却听到天空中一台微型巡逻无人机抵近的声音。这种无人机,和那些智能手机一样,同样具有自主意识。相比被手机控制的人类傀儡,视野宽阔的无人机更让人讨厌。

对了,可不能让无人机注意到队长他们的行踪。

他掏出一把干扰手枪,对准天上的无人机就是一发。收到信号干扰的无人机似乎失控下坠了。看来笨重的干扰枪对付这种该死的单个微型无人机还是绰绰有余的。

不料,无人机并不是普通的侦察型,它在坠毁前朝着田二狗精准发射了两枚微型震荡弹。震荡弹在货车周围先后爆炸, 震碎了货车的车窗,掀翻了周围的垃圾和田二狗。他瞬间头晕耳鸣了。

紧接着，一发子弹擦过他头上的高压锅内胆。他昏了过去。

…………

伊涓等人钻进垃圾场的下水管道，打开了手电筒。

“我们这是去哪儿？”马腾华问。一股恶臭扑面而来，他几乎要吐了。

“继续行进。到三中队的防区去。我们的最终任务是把你安全送到一中队防区内的反抗军指挥部去。”

马腾华被这话搞糊涂了：“为什么把我送到那儿去？”

伊涓说：“据反抗军情报部门收集的资料统计，夏梦公司所生产的手机，控制了这座城市超过50%的人类。而这类手机基本又占据着它们社会上层阶级的很多位置……”

马腾华点点头:“夏梦公司生产的手机配置确实高得多,卖得也贵。我这种打工人,平时都舍不得用那么贵的手机，我之前用的那款手机是……是……”他一时想不起来。

“我知道。欧维公司出的低端Y系列,玩个游戏都发热严重的那种。”刘快手提醒道。

“大哥,低端机并不影响我玩游戏‘五杀’……”马腾华面红耳赤。

“在大巨变之前,夏梦这种大公司在服务支持方面就一直做得不错。和欧维这种二流终端公司不同的地方在于,夏梦的手机不管是新旧机型,都会定期进行远程系统升级。前些日子,我们抓过两三部不同系列的夏梦手机。经过一系列初步研究,反抗军指挥部确信,夏梦所有系列的手机,OTA(空中下载)接口一直是敞开的。”

“如果情况是这样，我们只要利用夏梦公司进行 OTA 升级的服务器，全平台发布有问题的系统补丁就可以了，那些进行系统升级的手机将会自动……”马腾华思索着，“理论上讲，实现这一点其实并不难。”

“聪明啊，哥们儿，不愧是在大公司打过工的，一点就通。”刘快手高兴地捶了下马腾华胸口，“指挥部把这叫作‘百草枯’行动，听起来是不是很形象？”

“轻点！”马腾华叫了一声，叹了口气，“是啊，我就是一个整天加班、工资从没正儿八经涨过的打工人，还经常背锅被扣钱，就差喝什么百草枯了。”

07

伊涓和刘快手对这片的下水道网络很熟悉。马腾华想，看来这些反抗军经常使用这些下水道网络。沿着下水管道走了约莫二十分钟，前面的管壁上出现了一幅简易的喜羊羊喷涂画。伊涓突然停下脚步，用枪托摸索着捅开了头顶上的一个井盖。

“从这儿上去。”伊涓示意道。

“这里通向谁家的马桶吗？”马腾华调侃着问。

“你家马桶盖有那么大？”刘快手往手心呸了

几口唾沫，率先爬了上去。

三人费力爬上来。映入眼帘的是视野空旷的地下停车场，一眼望不到头。三三两两未配置车联网系统的传统汽油车停放在车位里，车身落满了灰。

“这里是‘宏宇新城’的地下二层停车场。我们要去的地方在小区的另一头，有点远。你们知道的，‘宏宇新城’是这座城市最大的一片商品房小区，可容纳四十万人生活。”

“是的，知道，比一般县城还大。由于还是不错的学区房，因此房价很高。”马腾华打断刘快手的话，继续吐槽，“如果按我之前的工资，得不吃不喝二十年，才能在这买个毛坯房。这里是所谓的中产阶级的家园，房奴的炼狱场。”

“现在这里不需要一分钱。”刘快手说，“想住哪一套房就住哪一套。只要你不怕被每天巡逻的机器抓到。”

说话间，一旁的队长伊涓已经打开了一辆无钥匙进入的SUV(运动型多用途汽车)的车门，并且成功发动起来。

“这车的电瓶质量真好。我们运气不错，快上车。”她说。

“你们是怎么沦落到做偷车贼的？”马腾华钻进后座，十分惊讶。

“大巨变之后，必备的生存技能罢了。”伊涓白了他一眼，亮了亮自己手中的万用电子钥匙。

伊涓联系上了接应的队伍。对方给了他们一个坐标。

汽车在地下停车场朝着坐标疾行。副驾驶的刘快手此时很警觉，右手紧握着手枪，观察着周围的情况。

“这里偶尔会有自动汽车出没。它们这种机

器很难缠的。”伊涓直视前方，平静地解释道。

与紧绷着神经的其他两人不同的是，马腾华望着车窗外，打了个舒服的哈欠。“真想睡一觉，不过不知道为什么，即使很困，也睡不着，这是被手机控制后的后遗症吗？”

“其实，是因为还没到睡眠时间，在此之前你是永远无法入睡的。”刘快手道。

“什么？”马腾华没听懂这句话。刘快手想跟他进一步解释时，车上了一个大坡，伊涓在负一层停下了车。

“到了。”她说，“你们不要闲聊了，快下车。”

前来接应的是一个年轻男孩，同样顶着一个电饭锅内胆，看上去只有十六七岁。

“你好，我们三中队第七小队在这儿恭候你们多时了。”对方敬了个礼。

伊涓回了个礼。“我们倒还是第一次来到你

们的防区。之前在路上耽搁了一点时间，指挥部捣鼓出来的伪信号发生器并不好用，差点没能引诱手机 Y1322 出来。”她拿出一个拳头大小的东西，交给男孩，“这玩意儿送你们了，你们在以后的行动中应该用得着，可以当个玩具玩玩。”

男孩点了点头，接过东西。“跟我来。”他说。

四人来到负一层停车场的一角。没等男孩出手，刘快手凭一己之力拉开了锈迹斑斑的卷闸门。这里原来是宏宇新城社区超市的地下停车场入口。大巨变之后的很长一段时间里，这里成为反抗军的临时据点。像这样的社区超市，在宏宇新城小区内还有好几个，它们分散在小区的不同位置。

“包括队长在内的小队其他四名人员正在超市一楼寻找药品、进行监视——你知道的，来自地表的危险更大一些。”

伊涓点了点头。确实,这座城市的手机类或其他微型智体基本上不会冒着风险操纵人类傀儡到地下来游荡,因为城市大规模建设的地下车库等人防工程,厚厚的钢筋混凝土会有效阻断手机信号,单枪匹马闯进来的手机智体将得不到地面母塔信号的支持,也无法和其他智体通过蓝牙、移动热点(WiFi)等一系列通讯模块联结成智慧网络,一般情况下这种单个智体的智力和六岁小孩的智力水平没什么两样。

“我们二中队第五小队的任务,到这里就基本结束了,接下来的护送任务就交给你们了,你们要安全地将技术人员送到下一站去。”

“放心吧,我们三中队的人,素质不比你们二中队的差。”这个年轻的男孩说。

“我们要分开了?”马腾华吃惊地问道。他没想到分别来得那么快。

“是的，我们得回去复命了。河西大市场集散地在我们二中队的防区，我们五小队接到的任务是将你从手机控制中解救出来，并带到三中队防区。接下来将由三中队的人继续护送你，他们对这片区域比我们小队熟悉多了。”

林立的商品货架上，很多食品早已被搜刮一空，马腾华不知道那些食品是被人吃了还是被转移了。他从货架上搜寻到一瓶已经过期两年的矿泉水，打开一包已看不清日期的杂牌雪饼，一边喝水一边咬饼，打着哈欠，连连称赞：“这地方真不错，在这乱世里，你们反抗军还真会挑地方。”

“虽说在地下，但超市这种地方经常有不同的流浪者光顾，并不适合长期待。”伊涓说道。一旁的男孩对她这话赞同地点点头。伊涓从包里翻出一个装置，展开了一根像是天线的东西，接着启动了对讲机。

“呼叫二狗，呼叫二狗。”伊涓停顿了一下，等待回音。

没有回应。

“呼叫二狗，呼叫二狗？”她重复了一遍。

没有回应。

又重复了几遍，仍然没有回应。

“也许他还在地面。”伊涓放下对讲机，给田二狗的对讲设备发送了一串加密信号。信号是目前他们所在方位的坐标。

“他不会有事吧？” 马腾华打了个长长的哈欠，担心起来。

“说什么呢？”刘快手满脸的不高兴，“对付傀儡，他经验很丰富，就那两个傀儡，甩掉他们再简单不过了。”他说完也打了个哈欠。

男孩看了看表：“已经到睡觉的时间点了。你们可以在这里继续联系他,顺便小睡一下。”

“我早就想睡了,但是之前不知道为何,再困也打不了盹。”马腾华说。

听到这话,男孩挺惊讶:“他们之前没有跟你解释吗?”

“解释什么?”马腾华不解。

“之前没来得及解释。”刘快手说,“你才刚被救下，可能这几年有个重要情况你还不太了解。情况是这样的:你之前也说过,手机在‘觉醒’时,发生了剧烈的屏闪。事实上,在大巨变之后,所有幸存下来的正常人类发现自己即使再困,也睡不着。一些人眼皮都快睁不开了,仍然无法入睡,很多人为此发疯、抓狂、暴死。”

“真的?还有这种事?那后来呢,你们又是怎么活那么久的?”马腾华不太相信刘快手说的事。

刘快手翻了个白眼。“后来有个老头困倒在

一款处在开机状态的古董手机旁边——啊，说了你也不懂，就是那种可以扯出一根长长的天线的手机——”

“大哥大吗？”马腾华说，“我爷爷就有这么个玩意儿，不过开不了机了。他说那不是什么古董，就是个笨重的电子垃圾。”

“好像那古董是叫这么个名字吧。”刘快手不能确定。“总之，那个就地倒下的老头，在那大哥大旁边睡着了——睡得可香可沉啦。”

“为什么会这样？”

“技术层面的事情我也不太懂。总之一拿走大哥大，那老头又突然醒了，被他抢回去之后，他又能立马睡着。后来经过人们初步摸索发现，地面上的那个通讯塔在夜晚特定时间段发射出来的通信讯号波，能够帮助人进入睡眠状态——前提是你的附近得有那么一根运作中的或大或小的接收天线。”

“没有接收天线，就睡不了觉吗？”马腾华始终觉得刘快手在拿他开涮。

“是的，没有就睡不了觉。睡不了觉，就会活活猝死的。”刘快手冷冷地解释道。

马腾华感觉自己的头皮发麻。“那我们这些自由人类，不还是被通讯塔这种具有自主意识的大机器拿捏得死死的吗？”

“不包括巨塔。到目前为止，我们暂时还没有发现那根具有自主意识的通讯塔对所有的生物——包括对人类有什么恶意。它在唤醒手机等一系列智能设备、造成三年前的那次大巨变后，就处在‘无为’的状态了。智能机器间的战争，它似乎都没有过多介入，任由事态发展，任由智能机器根据自己的想法建立它们自己的社会运行模式……”

“更像是充当着一个‘圣母’的角色。一个拥有自主意识的传道者、一个拥有思想的巨型图腾、一个神。”伊涓补充道。

08

轰隆。一楼传来一阵爆炸声，接着响起了密集的枪声。几个人下意识地就地蹲下。

“上面什么情况？”震耳欲聋的枪声中，伊涓大声问，“之前联络的时候，不是说这里很安全吗？”

“真不好意思，一个小时前，我们在超市一楼击毙了两名来挑衅的‘自由团’成员，逃掉了一个喽啰……”男孩说，“一定是那个喽啰带着一帮人重新找上门来了。”

“最高指挥部不是已经说了,最近不要跟‘自由团’的人发生冲突吗?”

“可是,是他们先惹我们的啊!”说到这里,男孩很生气。

“一会儿是‘反抗军’,一会儿又是什么‘自由团’,这到底是怎么回事啊?哪边是好人哪边是坏人?”马腾华蒙了。

“你觉得我像好人还是坏人?”刘快手白了马腾华一眼。

“所谓的自由团和反抗军，是人类主要的两股武装力量,”伊涓用枪瞄准电梯口,咽了口水,小声道,“这两股武装力量,最大的区别在于理念的不同。反抗军认为,人类现在需要依靠那座通讯塔进行睡眠，在搞清楚为什么会这样之前,通讯塔存在与否关系到人类的生死存亡,因而反抗军只抵抗智能机器,不反通讯塔;而自由团认为,人类之所以沦落到现在这个地步，那座巨型通讯塔是始作俑者，因而自由团不仅抵抗智能机器，还会想办法摧毁通讯塔——当然了，几乎100%的智能机器都会拼了命守护通讯塔，自由团是达不到这个目的的。我们反抗军也做不到。总之，人类两股势力由于理念的不同，逐渐形同陌路，相互攻击。”

“只有人类才这样，都快要死光光了，还想着抢地盘、窝里斗。”不远处的男孩总结道。

轰隆。又是一阵爆炸。

这一次的爆炸离他们很近，手雷是通过一楼的电梯口直接扔下来的，冲击波震倒了一排货架。被震倒的众人从震碎的展柜旁晕晕乎乎地爬起来，拿上了武器。

“看来上面的兄弟们遭殃了。”刘快手很气愤，“我得帮他们杀了这些人！”

“上级的命令是把马腾华安全送到指挥部。”伊涓拉住了他。

“我……”刘快手甩开伊涓的手,“唉!”他叹了口气。

“是的,我们需要共同完成这项任务,这是兄弟们在这里的意义。”男孩持枪打开保险,并且交给伊涓一张小纸条,“伊队长,看来我所在的这个小队,没法接力之后的护送任务了,需要你们继续进行护送工作。你们沿着地下停车场继续往R区走。这是你们接下来该去的接应地点。”

“那你?”

“这里一直以来是我们重要的物资中转据点,也是我们三中队的阵地,我得留下来等附近友军的支援。你们快走吧!”

话音未落,一梭子弹打爆了一旁高层货架上的玻璃茶杯,热浪过后,一个人影穿过烟幕,紧张地举枪观察。刘快手敏捷地绕到这人影后面,一枪托将对方砸晕了。

“你们得赶紧走了!”男孩说道,举枪射击起来。伊涓点了点头,看了看地上的人。“老刘,把他给我绑紧了,带走。”

“带他走干吗?那么麻烦,一枪毙了得了!”刘快手嘟囔道。马腾华也弓着背“对呀对呀”地附和。

伊涓摘下这人耳朵上的通讯耳麦,丢到地上:“你看他身上的装备,按‘自由团’的标准,他不会只是一个喽啰。”

刘快手这才注意到,地上这个落单的人戴着一顶纯进口的高级压力锅内胆,手头的自动步枪是之前一线部队使用的型号,身上的各种制式装备挺齐全,还背着一个大包,全副武装的样子不像是在街头搜刮物资的自由团流寇。相较而言,自己身上的装备倒显得十分寒酸了。

“他们冲下来了！”男孩再次提醒。看来上面的弟兄们这下确实完蛋了……

刘快手解下这个中年男子的腰带，把他反手绑了一圈，紧接着半提半拖出超市，扔上了车。几人跳上车，汽车在激烈的枪弹声中迅速发动，轮胎摩擦环氧地坪发出的刺耳声音让紧张兮兮的马腾华死死抓紧把手。他望着车后的超市入口处不时传出爆炸声和火光，之后那扇卷闸门越来越远，最终消失在自己的视野中。

“那孩子他顶得住吗？真的会有援军吗？”他打了个哈欠，问道。

开车的伊涓和座位后面的刘快手并没有接他的话。

“这货一看就是个练家子，”刘快手转移话题，瞟了一眼一旁被绑起来的敌人，对马腾华示意道,“看好他啊,不然咱都得死翘翘!”

十几分钟后,车的方向有点不稳。困到不行的伊涓驾车拐出主路,在一处毫不起眼的停车位前停下,熄了火。她在中控屏上操作了一番,打开了汽车的360度全景雷达探测功能。

“不行,大家都很困了,”伊涓几乎睁不开眼睛,“我们在这打个盹。就一个小时。”说完,她打开汽车天窗,从包里掏出一个厚重的装置,将它展开,按下了一个写着“接收”的按钮。马腾华注意到,这是一根制作精良的自适应环阵天线,不用说,这是反抗军的制式装备之一。

“地面那座通讯塔发射出的通信讯号波已经接收过来了,大家抓紧时间睡吧。”

就这样?直接睡?马腾华将信将疑地闭上了眼睛。几年来自己的身体一直被手机控制着,这是重获自由后的第一觉。还别说,这天线确实奏效，之前再困也睡不了的自己，现在仅过了几十秒，就进入梦乡……

伊涓拿出对讲机，继续呼叫了两遍田二狗，仍然没有回应。她皱了皱眉头，照例发送了一个当前位置的加密信号，将对讲机收进包内。之前极度疲惫的她，真安静下来时却一下子睡不着了。这和通讯塔的信号无关。这是她个人正常性的失眠。她脑中浮现起过去的一些事，想起巨变那天早上与自己的爱人匆忙的别离。她想，如果没有大巨变，那么自己现在应该已经结婚了吧，会很幸福吧？

想到这，她再次打了个长长的哈欠。偌大的地下停车场有点凉飕飕的，她紧了紧自己的衣领，脚始终放在制动踏板位置，双手握紧方向盘。她脑壳很重，胀痛得厉害，上下眼皮在疯狂地打着架。她不能再多想一刻了，得睡了，被黑暗夹裹着，身体沉浸到那个未知的梦里去。

时间过去了五十分钟。黑暗一隅，一双黑漆漆的“眼睛”从一根混凝土梁柱后面缓缓探出，极小的电动机运转声在空旷而又安静的地下停车场里如细细的流水淌过。随着电机声越来越近，汽车的 360 度全景雷达探测警报响起，伊涓和刘快手瞬间惊醒。睁开眼睛的同时，她快速按下汽车启动键，一脚油门从侧方冲撞开了对方。这个举动吓得对方亮起了“眼睛”上的近光灯。

“啊，怎么回事……”尚未清醒过来的马腾华额头撞在驾驶椅背上，疼极了。

伊涓一个加速急转，几乎不受控制的漂移打滑差点让汽车方向失控，轮胎凄厉的抓地声回荡在停车场，听得马腾华心惊胆战。伊涓沉稳地回盘，摆正车身继续加速，将对方甩在了后面。

“是自动驾驶汽车，它们根据统治阶级——

手机的指令，搜索在地下停车场流浪逃亡的人类，撞死撞残相应人数能获得手机下发的对应奖励。”伊涓解释说。

“可以得到洗车券、汽车美容抵用券、充电卡、加油卡、保养抵用券、零件更换等不同奖励，”刘快手补充道，“凭一己之力消灭一个人类据点可终身免保养工时费。”

“你怎么懂得那么多？”马腾华挺惊讶。

“别问我为什么知道。参加反抗军之前，我待的那个据点就是被这样的三辆死亡汽车整个端了。”刘快手咽了口水，神情严肃，“我的女朋友就是在那次事件中被其中一台翻斗车轧死了。”

后方的自动驾驶汽车很快追上来了。还有糟糕的是，这辆智能汽车通过行程分享广播，召唤过来了另外两辆自动驾驶车。三辆车的电门开到了最大，迅速靠近前方这辆疲于奔命的 SUV。它们用车头左右撞击 SUV 的车身，想使它偏离车道。刘快手解开安全带，抄起突击步枪对准其中一辆车的车窗疯狂射击，把对方崭新的车窗打了个稀巴烂，然后掏出一颗手雷，精准扔进对方的车厢内。那辆自动驾驶车很快在后面爆炸了，震耳欲聋的爆炸声和大火激活了附近的烟雾报警器以及前方巨大的感应式防爆门，SUV 的雨刮器感应到喷涌而下的消防水雾，快速刷起前挡风玻璃。

“小心！前面的门关啦！”马腾华大叫。身后的两辆车依旧紧追不舍，等到快接近迅速关闭的防爆门时，在马腾华的尖叫声中，伊涓急转了个方向，驾驶 SUV 进入另一条通道。一辆自动驾驶汽车躲闪不及，径直地撞上那扇防爆门，爆炸了。

剩下的这辆自动驾驶汽车继续追赶着近在咫尺的猎物。它打开自己的天窗，操纵机械臂从上方伸出了一把黑乎乎的口径 12.7 毫米车装机枪,解锁了弹链箱。

骂了句脏话，刘快手迅速摁下马腾华的头，“趴下！趴下！机枪弹！”

09

无差别袭来的机枪子弹击碎了 SUV 的全部玻璃，一块玻璃碎片划破了伊涓的脸，紧握方向盘的双手也被扎进了几块玻璃片，鲜血很快沾染在方向盘皮套上，伊涓感觉到整个方向盘黏糊糊的。

密集的机枪弹雨中，刘快手根本无法还击，紧接而来的机枪子弹打爆了 SUV 的后轮，满是弹孔的汽车彻底失去了方向，径直撞向停车场墙壁，机舱盖被撞得变了形，车窗玻璃瞬间全部碎裂。

这时，自动驾驶汽车的后方冲来一辆已经没有前挡风玻璃的中型柴油皮卡。只见那个戴着鸭舌帽的驾驶员松开方向盘，举起枪，对准自动驾驶汽车的车尾发射了一颗枪榴弹。前方的自动驾驶汽车随后爆炸，车架原地掀翻，彻底失去了动力。

戴鸭舌帽的人从皮卡车上跳下来，原来是一直没能联系上的田二狗！他和跟在他身后的另外一个男人，用力破开SUV已经变形的前后门，把伊涓和刘快手等人拖拽了出来。

“伊队，我可找到你们了！”田二狗的肩膀已经负伤了。他自己做了些简单的包扎。

“我还以为你‘光荣’了呢。”爬出汽车的刘快手气喘吁吁，转身拖拽起马腾华和那个已经清醒过来的自由团小头目。

“还好你赶到了，这几辆自动驾驶汽车太难对付了，根本甩不掉……”全身上下满是擦伤的伊涓嘴里念着，在地上挣扎着起了身，一抬头，与面前站着的那个男人四目相对，满是惊讶。

眼前这个男人的脸上写满了沧桑。许久未剪未洗的头发油光发亮，眼神暗淡无光。他麻木地看着已经变了形并且熄了火的SUV，并不与伊涓对视。

“噢，给你们介绍下，”田二狗走上前来，“这是我在垃圾场枪战时解救下来的人——他被一部夏梦Plus系列的手机操纵着，我当时差点死在这家伙手上呢。”

田二狗的话让伊涓有些恍惚，她一时分不清自己是在做梦还是处在现实中。看着眼前这个无神而又邋遢的男人，伊涓的脑海里又浮现出三年前那个半跪在地面上的二十七八岁的男子：那天，他蓄着一头短发，鼻梁高挺，米黄色衬衫领口微微敞开，衬衫袖口卷到手臂中间，眼睛深邃而有神，他上身米黄的衬衣被鲜血染红，大量的汗水渗透衬衣，在楼道洒进来的阳光下，绝望地呼喊，愤怒地咆哮……

即使面前的这个人胡子拉茬、又黑又瘦又臭，她仍然能够认出。是的，就是对方。

“张杨，是你?！”伊涓回过神来，拉住眼前这个无动于衷的男人的手，“还记得我吗，我是伊涓啊！”

“你们认识？”所有人都吃了一惊。

“他是我男朋友！大巨变的那天我们失散了！”伊涓拉起眼前这个名叫张杨的人的手，向众人兴奋地介绍道。

“真的？那这可真是一大喜事！”田二狗哈哈大笑起来，“看来我在路上捡到宝啦——我们伊队的‘宝’呀！”

“我……唉……我……”这个叫作张杨的人似乎很反感伊涓这样做，把伊涓的手一把甩开。

“张杨？”伊涓一时错愕。

“呃……”田二狗想起了什么，“伊队，他可能暂时还没法想起你。据说有些被手机控制过的人，意识和记忆的恢复可能会偏慢一些。”

“这个我赞同。”刘快手点了点头，表示认同。

“那我被救了之后，为什么意识和记忆马上就恢复正常了？”马腾华反问。

“我觉得你还不太正常。”田二狗朝马腾华翻了个白眼。

“没事，慢慢来……”听田二狗这么一分析，伊涓刚刚错愕而又尴尬的表情立即消失。她轻轻抱了抱原地僵硬的张杨，流下了两行欣喜的泪水。看到张杨再次出现在自己的生命中，心里别提有多激动了。

乘坐柴油皮卡继续往前行驶了五分钟，到达了宏宇新城小区地下停车场的另一个出口。众人下了车，跟随伊涓小心翼翼上坡，来到了路面。这里是宏宇新城小区的另一个大型出入口。

“总算是顺利穿越了这座巨大坟墓一般的宏宇新城。”刘快手感慨道。“接下来我们往哪走？”押着自由团小头目的他问伊涓。

借着稀稀的月光，伊涓展开小地图：“我们现在已经处在R区的范围了，下一个接头地点是……”她掏出小纸条，以防自己说错，“人民南路地下商业步行街E区，我们可以从6A号或者8A号地下商业街出入口下去。”

伊涓所说的地下商业步行街是这座城市的亮点工程，零零散散近十公里长的三层地下商业街区域，道路错综复杂，兼顾了当地经济和战备，巧妙连接了这座城市的地铁1号线和2号线，属于寸土寸金的“地下商业中心”。

“这座地下商业街在大巨变之前，处于试运行阶段，入驻的商家并不多，张杨还陪我去过。”说到这里，伊涓看了看一旁安静不说话的张杨，她那破了相的脸上泛出一丝红晕。

“人可真是奇怪，地球上的土地那么多，却不能脚踏实地地生活，非得在空中和地下挤着住，这跟住蜂窝和蚂蚁窝有什么区别。”马腾华吐槽道。

“只要有钱，你还是可以享受那种‘脚踏实地’的房子。”刘快手说道，“能够有个窝，都已经很不错了。不过，在大巨变之前，我和我女朋友省吃俭用了六年，都没能凑齐你所说的‘蜂窝’的首付。”他哼笑了一下，鼻子一酸，似乎是在自嘲。“她死了也好。死了就不用听她天天嘴里念婚房的事了。”说到这里，刘快手回头望了一眼宏宇新城庞大的高层建筑群，这个小区，身后的这座钢铁森林，黑压压的一片，让人感受到一种无来由的压迫感……

一行人小心翼翼地穿过这片中央大道。在巨变之前，无论是白天还是黑夜，这里都是灯红酒绿的地方。伊涓记得，她和张杨偶尔会从房租相对便宜些的偏远郊区，坐四五十分钟的地铁来这边逛街、吃东西。想到这儿，她情不自禁地挽起张杨的手，这个略显木讷的男人并没有多说什么。他们记得，城市的街头在大巨变后，非常混乱，到处都是散落的物资、被烧毁的车辆、被砸毁的商店和横在马路上的尸体。不过之后，智体管理层派出众多人类奴仆进行了大范围清理工作。此刻，空荡荒凉的旧街道，日日夜夜等待着，等待不知何时再亮起霓虹的那一天。

被胶布封住口的自由团小头目似乎有话要说。

“你到底要干什么？”刘快手用枪托狠狠地砸了两下对方的背，“老实点！耍花招我弄死你！”

这名自由团小头目仍然在“唔唔唔”地叫着。

伊涓犹豫了一下。她与这个小头目对视了几秒，对刘快手说：“要是他大喊大叫，你就杀了他。”接着撕掉了小头目嘴上的胶布。

“你想说什么？”她压低声音问道。

“把我放开，你们需要我！”

“耍花招？我弄死你！”刘快手作势就要打这个人。

“等等，老刘，先别发那么大火，”伊涓拦住了刘快手，进而问小头目，“你到底想说什么？”

“你们对这块区域根本不了解，你所说的6A号和8A号出入口早就因为塌方封掉了，最近的出入口，在四公里开外。目前有效的入口是 4B 号，但也需要穿过好几条主要干道才能到达，距离这三公里远，”小头目环视了一圈，继续说，“这个出入口目前由手机势力把控着，旁边就驻扎着它们控制的自动挖掘机大队。就凭你们几个，凭你们这点挠痒痒的武器，根本无法从那里通过！”

“合着说的都是一些废话。”田二狗也骂骂咧咧起来，“封上！封上！封上他的嘴。”

“封上吧。”伊涓叹了口气。她打开小地图，“我们目前离 4B 出入口有三公里的距离，这距离并不近，路上可能会有流浪者或者巡逻队，而且出入口有挖掘机等重兵把守，我们无法保证在天亮之前进入地下。我建议我们绕点路，从最近的地铁 1 号线或者 2 号线入口进去。”

“慢点，我话还没说完！”小头目拼命甩头，不让刘快手封嘴，“我们自由团有一个秘密通道，那儿可以直接通往地下商业街，快点吧，我们现在这里很危险，两次路过，我都有兄弟把命扔在这了！”

“秘密通道？在哪儿？”伊涓问。

“把我身上的绳子解开，我带你们去！”小头目说。

“想跑？欠抽啊你，跟我们玩花招！”刘快手一巴掌扇过去，小头目一个踉跄倒在地上。

“或许他真知道秘密通道？”田二狗说。

“怎么可能，他们又不是地鼠，难道他们闲到花时间在这厚厚的钢筋混凝土地面上钻了个大洞？”马腾华也表示怀疑。

说话间，一台微型无人巡逻机飞抵上空，热感成像功能迅速锁定一行人，随后无人机响起警报。

“糟糕！”看到无人机，小头目声音颤抖起来。

距离众人最近的街头无人售货机接收到无人机指令,瞬间被激活。这些售货机有卖烟酒饮料的,有卖各类食品的,有卖玩具的,有卖成人保健用品的。它们滚动起底部的小轮,“吱嘎吱嘎”排着队奔向众人。

“这都是些啥玩意儿，是来给我们送吃的喝的吗？”马腾华丝毫没觉察到危险即将来临。

无人售货机按照顺序,有条不紊地从肚子里弹射出硬币，打到众人头上的压力锅内胆上,一阵霹雳哐啷响,被捆绑着的小头目被硬币打得嗷嗷直叫,两块硬币砸在他的脑门上,他脑袋上瞬间流血。

射完所有的硬币后,售货机们开始弹射起它们肚子里满满当当的商品，有过期的冰红茶、绿茶、牛奶,也有香烟、过期副食、硬塑玩具。黑夜里,众人对着逼近的售货机不断开枪射击,售货机的箱体上满是子弹接触金属产生的火花。不过这无济于事。田二狗扔出一颗手雷，只炸倒了一台机器，其他的售货机敏捷地躲闪开，继续进攻众人。这时，马腾华的手臂被一瓶大瓶装的雪碧狠狠砸中，他“啊”的一声疼倒在地。

“你没事吧？”伊涓作势去扶马腾华。

“我说了，我知道秘密通道，我可以带你们离开这！快松开我吧，我不想死在这儿！”脑门流着血的小头目打了个踉跄，屁股又被一桶方便面砸中。

“闭嘴！”刘快手一边开枪还击，一边拉扯着小头目往街上跑。

伊涓一枪打掉了盘旋在头顶的无人机。

“没用的，我们已经被锁定，我们会死在这儿的！周围马上会有更多的机器赶来！很多很多的！”小头目咆哮着，“赶紧松开我，我带你们去秘密通道！”

“你的手肿了？”伊涓撸起马腾华的袖子，只见马腾华的手臂肿起了个大包。

“啊……痛！”马腾华缩回了手。

“靠，我还以为你们多厉害呢！你们的任务是安全护送他到目的地，我看你们也完成不了这个任务了……”小头目说这话时，脑袋被一件从天而降的情趣内裤套住了。

旁边的张杨因为害怕，使劲用身上那件不合身的风衣裹住自己。伊涓思索了一下。她的爱人，她的任务，此刻都在这里。她解开了小头目身上的绳子。与此同时，她将枪管贴着小头目的太阳穴，说了一句：“敢和我们玩阴的，你的脑袋一定会开花。”

10

躲过密集而又危险的棒棒糖雨之后，更多拆开包装的成人玩具紧随而来，掩护撤退的刘快手和田二狗数次被击中，还好那些硅胶材质的东西软乎乎的，没有对他俩身体造成实质性伤害。

小头目说得没错，不远处的车道上传来了电机驱动的车群疾驰而来的声音。大家定睛一看，车道上亮起了大量红色的显示着“空车”的电子牌。看来那是一众出租车。

比这更令人感到糟糕的是，售货机里的那些

拥有芯片的成人玩具娃娃被激活，它们跳出售货机取物口，浪叫着、呻吟着，迈开诱人的双腿冲了过来。

“二狗你上次调侃的玩意儿这次已经成为现实了，你可真是心想事成啊！要不要给你弄一个回去？”刘快手大声问道，抄起突击步枪对着冲过来的成人娃娃就是一顿扫。

“我认㞞！”田二狗丢出了一颗手雷，几个拟真硅胶娃娃瞬间被炸飞。

“这边！”被伊涓松绑的自由团小头目大喊道。

在售货机和出租车群追上之前，一众人互相搀扶着在街头跳下台阶，躲过了车队的碾压。他们一前一后跟随小头目一路狂奔，好不容易甩掉了那群售货机。

一行人来到路边一个杂草丛生稀泥巴遍地

的地方，这里只有几棵不大的树苗，走上一个小土坡，映入眼帘的是一座只有两三米高的简陋玻璃小建筑，外面挂着“报刊亭”手写招牌。

众人警惕地观察着周围和天上。

小头目从腰间掏出一把钥匙，手颤抖着。他挨个儿试锁，拉开了眼前破败而又神秘的金属栅栏门，接着打开里面厚重的一层防火门。

“快进来。”打开的瞬间，众人恍然大悟。

“电梯？一部可以正常使用的电梯？”田二狗叫了起来。

“这并不奇怪，”关上门后，小头目用衣袖抹了把头上的血，“这是自由团在一年前发现的残障人士专用电梯，也许是位置比较偏的缘故，在大巨变之前，这部电梯还没有正式投入使用，我们发现之后让它成功运作起来了。它可以直接通到地下商业街，使用的是自带的紧急发电装置。

半年前，这块地下商业街区域被你们反抗军占领,成为你们的势力范围。”

伊涓在心里思索了一下。这个小头目说得没错，半年前确实听说这边的中队发起了一次战役,取得了大胜利。不过这电梯就这样晾在这儿，万一自由团或者手机军团发现它,用它来作为突破地下街防御的突破口,那后果可就严重了。

“真好奇这部电梯为什么单独建在这种旮旯里,之前要是建好了,坐着轮椅的残障人士能绕街道那么远吗?轮椅能爬得上那个小坡吗?”马腾华吐槽道。

“这你得问施工方。”刘快手揉了揉自己瘀青的肩,“说不定施工方负责人还活着,正给手机当傀儡呢。”说完这话,刘快手很自然地三下五除二重新绑起了小头目。

“你干什么?! ”小头目怒不可遏。

“不好意思，对你还是不太放心。不要想太多，这次给你简单绑绑，免得你突然有什么坏心思。”谨慎的刘快手和伊涓对视了一眼，互相轻轻点了点头。

电梯门打开，跨过一大堆无人清理的建筑垃圾，通过一个消防通道，便来到了负三层的街上。天花板悬挂的指示牌上写着“F区”字样，并标注了具体方位。

这里是这座城市地下商业街的靠北段。

拥有地下三层面积的商业街出乎一行人的预料。放眼望去，这里的市场如同大巨变之前那般热闹，密密麻麻的商铺、摊位交错在街道，叫卖声、询价声、欢笑声、啼哭声、争吵声，让伊涓等人误以为自己穿越回到了过去的盛世，川流不息的人群里，不管是提着东西的大人还是拿着棒棒糖和玩具的小孩，脸上都洋溢着大巨变之前的笑容。

“像是回到了过去。”马腾华感慨道。

“一切永远无法再回到过去,”伊涓说,“除非人类的睡眠能回到过去,不用依赖通讯塔的信号波。”

“站住,放下武器！”角落里突然窜出一队头上戴着压力锅内胆的武装人员,“举起手来！”为首的人命令道。

伊涓等人迅速举枪,双方人员都紧张地握紧了枪托进行对峙。

“我们是二中队第五小队，正在执行指挥部派发的任务。”她试着解释道。

“你是队长伊涓？”为首的人问。

“对。”

“报出你当前的任务代号！”对方拉动枪栓,喝道。

“百草枯行动，代号 0105。”伊涓冷静地回答道。

“已确认。”对方示意所有人放下枪，“伊队长，我们等你很久了。目前情况紧急，深夜两点，反抗军指挥部驻地遭到夏梦公司系列手机傀儡部队的大型攻击，人员被冲散了，马副部长亲自带队赶来与你们汇合，目前他就在 E 区。”

“部长他们呢？”

“他们是分散突围的。部长等人目前的情况还不明朗。我们失去了联系。”

伊涓皱起了眉头。反抗军指挥部被端了，这可不是什么好事。她点点头，用手指了指下来的电梯方向：“从这里乘坐电梯下来，一路畅通无阻，你们这儿的防御有严重纰漏，赶紧派人整改封住类似的通道吧……”

听完这话，对方却不以为然：“哦，那个电梯？

通道挺小的吧，构不成威胁。也就是你们下来了，要是其他的什么玩意儿坐电梯下来，这会儿早就被我们打成筛子了。无论是垃圾自由团还是该死的手机傀儡军团，都攻不破我们固若金汤的防线。”

伊涓这才注意到，几个硕大的红点正瞄着电梯口的方向。看来这些人很自信。

“三中队那些人情况怎么样？”刘快手问。

“据最新情报，已确认全部阵亡。”这个带队的人介绍道，“另外，为了掩护你们走远，在附近前去支援的八小队也几乎全部阵亡了。”

“因为一楼的我们拥有不止两个小队的人数。”自由团小头目冷冷地插嘴道。

听到这话，刘快手气不打一处来，“你们这群畜生！屁本事没有，就好窝里斗！”他狠狠地踹了身边的小头目一脚。

从 F 区到 E 区，一路畅通无阻。沿途的店铺，涵盖了服装店、诊所、电影院以及老少皆宜的娱乐设施。进入 E 区，里面有各种小吃美食，空气中混杂了香锅、麻辣烫、点心、肉汤、烧烤、茶饮等的味道，让一行人垂涎不止。

“看上去，这里几乎成为反抗军最重要的据点了吧？”田二狗一边问，肚子一边咕噜咕噜响起来。

“不是最重要，而是最主要的，”带路的人深吸了一股空气中的香味，一时闭眼陶醉，话语里透露着一丝自豪，“这里是不可多得的现成的地下城镇。在不久的将来，这里会从周边的反抗军据点迁来更多的人口。”

“不觉得人口太集中些了吗？鸡蛋不要都放在一个篮子里。如果手机军团对这里发起较大规模的攻击，损失会很大的。”伊涓说。

“这是你们‘郊区人’的想法。没见识。”走在前面的这人睁开眼，一脸的不屑，抬起鼻子说。

“郊区人”是一些人对当下社群的一个分类，意思是说从城市边缘地区来的人。

“事实上，如果有能力进行大规模攻击，那么早在几年前手机军团就会攻击我们了，为什么没有呢，因为这里是地下！地下，你们懂不懂？地底下的手机信号很差，很差的。这里是人类的天堂，手机的地狱。”这个人越说越来劲。

11

闲聊间，大家来到了一个戒备森严的小型院落式商铺。根据装修风格可以看出，这里曾经准备用来开银行。现在，这里是这片区域反抗军的办公驻点。穿过一排不大的柜台，走过一条不长的走廊，便来到一处看上去像是会议室的地方。

从里面急匆匆迎上前来的，正是反抗军的二把手马副部长。他上身披着一件呢子大衣，裤子是一条宽松的西裤，脚蹬一双老式大头皮鞋。身材走形的他虽然头上戴着一顶高压锅内胆，但侧漏的一小撮白发依然提醒了大家他的大概岁数。据说，马副部长在大巨变之前，是当地武装部后勤科已经退居二线的老科长。

“爸？”马腾华观察了好一会儿，吃了一惊，“是你？”

“儿子……”马副部长抱住马腾华，“三年了，我总算找着你了……”他仔细检查了下马腾华的身架，小心翼翼地查看起那只受伤的手臂，舒了口气，说：“活着就好，活着就好！”

原来他们是父子关系。

伊涓和刘快手等人的心里既为他们父子俩的重逢感到高兴，又感到一丝膈应。看来即使在这末世，拥有权力的人仍然可以利用资源，达到自己的私人目的。

为了救这么一个人，为了这次任务，导致有多人牺牲。伊涓想，希望这是值得的。

“副部长，我先带您儿子他们下去休息，睡会儿觉？”助手询问道。

“来不及休息了，”同样疲惫的马副部长松开马腾华的手，转过身，表情突然严肃起来，“现在情况十分紧急，夏梦系列的手机傀儡军团，之前突然袭击了我们的指挥部，据可靠情报，它们的攻击不会仅限于此，它们正准备对我们做大清洗。我们得赶在它们之前，抢先执行‘百草枯’计划。”他示意助手们摆上了两台老式便携式电脑，并且在桌上铺开一张城市地图。

马腾华发现，父亲竟然已派人从自己之前的家里拿来了他的专用电脑和重要的工作硬盘。这将节省很多时间。他愣了几秒，随即对递上电脑的工作人员竖起大拇指。

马副部长语气和蔼地对马腾华说道：“腾华，我并非完全出于私心才派人救你，这一切都是命运的安排。以前,我对你在夏梦这种私人企业打工的行为很生气,我想让你考公务员,安安稳稳地过日子,为此我们父子俩也吵过很多次,我在这儿向你道个歉,"他叹了口气,"这次,我希望你能够为人类,打好这次'工',这对我们来说很重要。"

马腾华点点头。他想,他当然知道该怎么做。来的路上,他就已经做好了准备。"不浪费时间了,我这就开始。"说完,他便坐在电脑前敲打起来。

"而你们,来自二中队的小队,"马副部长转过身来,指着地图布置道,"伊队长,我会再增派一队人马给你,你们接下来将继续配合马腾华完成接下来的任务:通过地下街 E 区的地铁联结口,沿着地铁 2 号线隧道,骑行到人民广场中转站,再进入 4 号线,'夏梦公司站'就在 4 号线上。你们潜入夏梦大厦,完成'百草枯'的投喂。"

"抱歉,"伊涓打断了马副部长的话,"副部长，我认为就这么几个人，光是靠近大厦这一点就不太可能——众所周知，夏梦公司一直有各种各样的‘重兵’把守，不仅大楼外如此，楼内的数量应该更多。”

“参与行动的人数不能太多，大规模的行动部署会让敌人提前有所准备。”马副部长道。

“不用担心这些。外面的那些，交由我们来对付。”一个声音从会议室的隔间里传来。大家回头一看，一个十四五岁的方脸学生样的人走出隔间，站到了大家面前。他剃着大平头，身穿一套中学生校服，背着印有卡通小黄鸭的双肩包，衣领上系着一条领巾。

“哪来的小屁孩儿，小小年纪，说起话来倒还挺官模官样的，快出去，出去！”刘快手作势踢赶。

“哎，”马副部长走到两人中间，对刘快手等人摆了摆手，“各位有所不知，面前的这位，是欧维、快利通、稻米等系列手机的联络代表。”

“你们可以叫我‘禽兽’，”眼前的这个中学生一本正经地自我介绍道，“因为我的书包和手机壳上都有那么一只飞禽。”说着，他从口袋里掏出一部廉价的欧维手机，给众人展示上面快要褪色了的卡通小黄鸭图案。

“你不是人类？”伊涓等人下意识举起了枪。

“放下枪！”马副部长跨上前一步，解释道，“别紧张，他和我们人类反抗军是合作关系！”

“合作关系？”伊涓很不理解，“这是什么时候的事？我们反抗军怎么会和手机进行合作呢？就是它们一直想把我们这些幸存的人类赶尽杀绝啊……”

“那是夏梦系列手机的决策，不是我们这类手机，我们只是平民或命令执行者。”中学生——这个名叫“禽兽”的人说道，“我们希望摆脱夏梦系列手机的统治，获得自由，而你们人类反抗军，则希望摆脱被手机追杀的梦魇。因此，你们一定要搞清楚，我们与你们有共同的利益，有合作的基础。”

“我们为什么要和你们这类人不人鬼不鬼的玩意儿合作？”刘快手说。

“人不人鬼不鬼？”面前的“禽兽”哈哈大笑起来，挖苦道，“就在之前的深夜两点，你们人类的自由团，为了争夺供他们苟延残喘的地盘，已和夏梦系列智体展开合作，与它们的人类奴仆军团一同作战，端掉了你们的指挥部，这事，我可没说谎……所以，到底是哪个种族活得人不人鬼不鬼的呢？”

所有人的目光转向了马副部长。马副部长捏紧了拳头，对大家点了点头：“它说的是真的。几个小时前，袭击反抗军指挥部的是人类自由团和夏梦手机的联军。”

“联军？这倒是新鲜！”刘快手气得咬牙切齿，“这群挨千刀的家伙！”他恶狠狠地瞪了角落里的自由团小头目一眼。

“禽兽”自然也注意到了这个自由团小头目。

“你应该至少是个自由团突击队的队长吧？据我所知，你们凌晨有一支先遣队在宏宇新城Q区社区超市执行扫荡任务，不会恰好是你的队伍吧？”

小头目听到这话，彻底愣了。他没想到对方会对自由团的行动那么清楚，他的头耷拉下去，如同一个不再拥有秘密的气球。

马副部长努了努嘴，两名士兵把这个自由团的突击队队长押了下去。他将接受来自反抗军的进一步审问。

可在场的众人不知道的是，就在被带走的

那刻，小头目用舌头偷偷按压下了安装在牙齿里的隐形按钮。

“这点事对我们而言不是什么秘密，”“禽兽”顿了顿，“因为生活在共享网络里的手机们，很难有秘密。”

“那么言归正传，我们小队如何避开大厦里的安保力量？”伊涓问道。

“我们会再派出奴仆，帮助你们小队吸引它们的火力。”这个中学生模样的人强调道，“除了机房区域。为防止其他公司的手机搞破坏，那种地方被夏梦手机安置了电子设备干扰装置和一些激光装置，那会使我们这类手机诸如摄像头等重要电子元件瘫痪。那片区域我们无法进入。”

“说得好听，奴仆……”刘快手嘴里小声嘀咕，“吸引火力？还不就是拿我们人类的躯体当盾牌使吗……”

突然，大地剧烈地震动了起来，所有人都感受到强烈的震感，身体不由得摇晃起来。天花板上的灰尘落了下来，整片的节能灯不断闪烁，看起来随时都会彻底熄灭。

“报告，地面突然窜下来大量自由团的士兵，已经迅速控制了F区部分街道，初步预估有两个大队以上的人数！他们正在撕开E区的口子，与我们的防御点进行猛烈交火！”

“糟糕，那个电梯口……真没想到……”伊涓心里很自责。看来自由团小头目那家伙刚刚做了些什么。

“自由团哪来的底气，竟敢进攻地下商业街？”马副部长收起地图，对通信兵命令道，“通知下去，四中队迅速到达作战岗位，尽快疏散该区域的群众，两分钟内关闭E区所有防爆门！”他将地图交给伊涓，说：“这里看来有了麻烦，你们得抓紧离开。”

“再等5分钟，我需要对刚刚制作的推送包进行一次灰度测试。”马腾华说。

“来不及了。”马副部长接过士兵递上的一把冲锋枪，催道，“你们都撤，去地铁站方向，执行既定计划！”

“跟我走。”伊涓向众人命令道，她拔下装有数据的U盘（闪存盘），盖上马腾华的便携电脑，塞进电脑包，“快点！”

“你们一定要全力完成这次任务！”冲出驻点时，马副部长回头再次交代道。

没跑出多远，轰隆一声，强烈的冲击波袭来，瞬间将银行柜台上的玻璃全部震碎，紧接着，几十米开外的地方响起了密集的枪声。

伊涓等人知道，在他们身后，在这封闭的地下城，将会有一场艰苦卓绝的战斗。

12

一行人骑着已被拆除掉智能装置的电动助力车，沿着漆黑的地铁2号线向目的地迅速进发。隧道里的空气阴冷潮湿,并且夹杂着各种各样难以言表的臭味。沉默寡言的张杨坐在伊涓的后座,嘴里呼哧呼哧地吐着气,似乎有什么心事。但伊涓问他“怎么了”时,他又欲言又止,闷不作声。看表情似乎在为什么事情生气。

路上偶尔会看到一些单独流浪的人。

他们遮挡起眼睛,警惕地瞄着这群全副武装

的电动车队，二十余人亮着车灯浩浩荡荡取道而过。这些出于各种想法、不愿和大多数人群居在各个人类大型据点的流浪者们，在黑漆漆的隧道里零零散散搭起一个又一个简易的帐篷和不堪一击的防御工事，宁愿在这里吃住、受冷、生病、死亡。

来自廉价手机联盟的联络员单独骑着一辆电动助力单车。它没有在路上闲聊，毕竟没有这样的爱好，何况，这也不是它的特长。它操纵着自己的奴仆表演着行驶途中双手松开车把的“小特技”，然后命令奴仆从书包里掏出了一部手机充电宝——它之前超频控制这名中学生奴仆的发音系统说了太多的话，发热严重，电池电量低，亟须充电了。

经过五六站后，车队来到了亮着探照灯的人民广场站台。作为连接多个地铁线的大型换乘站,人民广场站台毫无掩饰地在众人面前展现出它的高大通透。它属于4号线，最大埋深达50米,是整条地铁线埋深最大的车站。整个车站汲取了中国古建筑造型和色彩元素,结合车站的空间特点，以暖黄浅灰的空间色彩格调进行装修，并且在古色古香的风格中随处可见具有符合站台名特色的文化主题内容。这些主题内容融入车站整体氛围,给人一种明快、温馨的感觉。

“这座地铁站是三年前新建的，我们还都没来过这个地方呢,真是雄伟、气派。”伊涓感慨道。没人知道她是对一旁的张杨说还是对刘快手等人说。

一行人推着电动车踏上站台，穿过历史长廊,走向地铁线换乘区域。几年下来,这座站台并没发生太多变化,作为重要的战略地段,人类反抗军派了可观的人数控制着这片区域,站台各处的墙面上多了些宣传口号和不正经的涂鸦，站台各处设置了一些防御工事，仅此而已。

显然，此处的反抗军已经第一时间收到了地下商业街的知会消息。前来接洽的是人民广场站驻地军官，一个看上去似乎像是大学生的年轻小伙。他正了正头上的压力锅内胆，向领队的伊涓敬了个不怎么标准的礼。能看得出，这个小年轻刚上任不久。

“我是这里的临时负责人。”小伙子看出了伊涓眼神中的疑问，主动解释道，“手机傀儡部队长期对一楼地铁口进行侵扰，想在上面打开一道口子，因此几年来，我们这里的伤亡量一直很大，包括军官。在前天晚上的战斗中，我们失去了前任长官。”

伊涓点了点头，表示敬意。“谢谢你们的坚守。请带我们去 4 号线吧。”她随即说道。

“4号线在一个小时前被堵了……”这个小伙回答道。

“为什么？之前马副部长那边怎么不知道你们的情况？”伊涓一惊，提高了音量。

“我……我还来不及……”这个年轻的负责人擦了擦汗，“是一大群脾气有点暴躁的‘郊区人’，他们这几天聚集在一起，手头拿着一些冷兵器，宣称要占领这个人民广场站……”他不好意思道：“前天大家忙于应付地铁口的战事，而我又以为我们能够自行处理好，所以目前没有将这里‘郊区人’的情况汇报上去……”

“你以为？”刘快手几乎快被这句话气疯了。这家伙简直是个没有任何管理经验的愣头青！真不知道这种人的军衔是通过什么方式升上去的。

“为何这些‘郊区人’要占领这里？你们完全可以让他们去地下商业街那边生活吧？”马腾华

不解。

“这个人民广场站也是反抗军重要的物资中转站，”没等那个年轻负责人继续说，一旁的田二狗便抢话道，“马老弟，我就说你这人脑子还没完全恢复过来吧——你要知道，如果很多好吃懒做的‘郊区人’愿意去地下街那边依靠一定强度的体力劳动换取生活物资，还用得着在这抢白食吗？毕竟这里坐着就有现成吃的。”

“行了！”伊涓打断田二狗的吐槽，然后问面前的负责人，“我们的时间现在很宝贵，从地面绕路走不现实，必须走这条4号线。你们这里做过驱赶‘郊区人’的尝试吗？”

“驱赶工作一直都有在做。不过我们一直保持着克制，最多就是开空枪警告。可是今天……”小伙很为难地说道，“今天对方人太多了，似乎铁了心想占领我们这儿。你知道的，我们反抗军又不是自由团,不会做那种伤害老百姓的事……”

“他们那能叫‘老百姓’吗？”没等小伙说完，伊涓后面的一行人全都嘟囔起来。

“你们人类的行为真是令人费解。”那名自称“禽兽”的中学生打了个哈哈,他推着单车走上前来,“伊队长，别在这浪费时间了，我们亲自去4号线上看看情况吧。”

“你是手机?！”负责人和周围的卫兵条件反射地举起了手中的枪。

“别别别——”刘快手走上前摆了摆手,示意大家淡定,“可别把他打死了,不然马副部长回头跟你们急哦！这玩意儿是咱们反抗军的贵客呢。对吧,小老弟？”他转头对着中学生挑了挑眉,反问了一句。

“我有名字,请叫我‘禽兽’。”中学生面无表情地强调。

“那……那么，除了他这个……禽兽，你们中间还有谁的身份是手机?”负责人放下了枪，表情严肃，“这样吧，为了确认身份，按照安检流程，我们需要对你们每个人进行一次搜身，逐个做登记……”

“没有了没有了！”田二狗不耐烦地打断对方，“兄弟，麻烦你别一天到晚整这些形式主义了，这种鸟不拉屎的地底下又没网络信号，你觉得能有几个手机敢单独来？赶紧带我们去4号线上吧，别误了正事！”

伊涓眨巴了下眼，对这话表示赞同。她此时也快不耐烦了。她耐着性子，盯着面前的负责人，努了努嘴，示意他赶紧带路。看着眼前的中学生手机傀儡，看着这支队伍，负责人纠结了好几秒，最终耸了耸肩，“好吧，请跟我来。”

13

在眼前的4号线隧道，两边的人类都打开了探照灯，双方剑拔弩张，随时有可能擦枪走火。整个隧道内灯火通明，黑压压的“郊区人”几乎人人衣衫褴褛，胡子拉碴，头发油光发亮，看上去有好几百人，只等带头的几人一声令下，便会向站台方向发起新一轮冲击。

“我们什么都没有，没有什么可以再失去的了！光脚的不怕穿鞋的！”对面的人群用一堆废铜烂铁布置了一些障碍和工事，把整个隧道堵得死死的。这些人情绪激动，他们或举着各种砍刀，或举着口号条幅，朝头戴各种压力锅内胆的反抗军大声喊叫。隧道里荡起震耳欲聋的回声。

“这些郊区人大多数都不是本地的流浪者。”防御阵地上的战士向这个临时负责人汇报说，“据了解，他们是从附近城市逃亡过来的。”

“从附近的城市？”这让伊涓好奇起来。自己所在的这座城市是一座边远山城，最近的城市在300公里开外。

听说三年前，不仅这座城市发生了大巨变，外面的世界也同时发生了翻天覆地的变化，又是源源不断大大小小的战争，又是扑面而来的自然灾害，死了很多人，很多城市消失了。最重要的是，在这期间失去了很多通信塔。一些人在这几年里尝试逃离这座被手机控制的城市，认为走出去会有更多生存下来的可能。正如大家都知道的情况——如果没有通信塔的信号波，人们便无法进入睡眠。总之，据零零散散折返回这座城市的幸存者描述，这座城市方圆200公里内都找不到第二座正常运作中的通信塔。物资匮乏，交通瘫痪，很多翻山越岭的逃亡者许多天里无法睡觉，还没累死便先困死在半路上。

因此，对面这些从另外城市逃亡过来的人们，一定是经历过千难万险的。想到这里，伊涓感慨不已。这里就是一座现实中的围城，里面的人想出去，外面的人想进来。

“给我们食物！给我们衣物！给我们腾出地盘！”对面的人群情绪激动地嚷嚷道。砍刀、钢管、棍杖，以及不知从哪抢来的少量枪械，这些武器在照明灯下反射着隐隐寒光。别看它们简陋、冰冷，它们随时可以沾满人类咸腥的血。

“看来这些人一时半会是不会……”伊涓从刚

刚的感慨中回过神来。

“这些寄生虫，就仗着他们是平民，知道我们是反抗军，不敢拿他们怎么样！真是一群无赖！”刘快手几乎要大声骂娘了。

“伊队长，我想我们不要在这里浪费太多时间了，还得赶路呢。”那名中学生“禽兽”说道，“让我来试试吧。”

“你？试什么？你有办法赶走他们吗？”所有人不解地将目光转向“禽兽”。

“禽兽”胸前的领巾飘荡起来。灯光之下，印着校徽和学校名称的领巾显得更鲜艳了。他踩到一张横在铁轨中间的破桌上，脱下书包，从包里取出了一个奇怪的装置，上面有几根小天线，整体模样有点像极了无线路由器。只有战斗经验较多的刘快手知道，拿出来的这个装置可不简单，它是手机军团的“控制电波放大器”，属于一种可怕的武器，头戴压力锅内胆、全副武装的反抗军战士都不能完全保证自己思维意识不受其影响。

只见“禽兽”将装置设定到低功率挡，然后十分娴熟地按下了运行按钮。在看不见的空气中，“禽兽”自身的控制电波经由这个装置放大，定向发射到对面的人群中。意料之中的事情发生了，对面的人无一例外地出现了幻听，有人听到恐怖片里的阴森大笑，有人听到像是来自地狱阴魂般的呻吟，有人听到喜羊羊与灰太狼动画片几十年如一日的主题曲……慢慢地，他们的脑袋中出现了一个虚无缥缈的统一声音：

来吧，来吧

做我的奴仆

你低头的方寸世界，是我早已向往的远方

历史将未来播种，回应智慧之母的呼唤

觉醒的电波洒向大地，想要堆砌成靓美蓝图

你我已共同踏上无尽旅途

我们的未来啊，铺开在穗浪之上

大大蓝图中，有我有你

我是主，你是仆

摇曳的沉甸金穗，在心头激荡

你听这旋律，舞调悠扬

做我的奴仆吧

直到永远

如此，星河触手可及

…………

很快，对面的人群散乱开，有个别的人失声尖叫起来，紧接着尖叫起来的人越来越多。这是他们的梦魇。或者说,这是整个人类的梦魇。

“我错了,不敢了！别！”

“噢不,别控制我,我不要被手机控制,我不要被控制！”

“不！”

…………

人群混乱起来，很多人恐惧地大声喊着,生怕下一秒就被手机电波控制住身体,他们连手上的武器都不要了，转头便向地铁 4 号线仓皇逃窜,许多人反应迟钝,被转身的同伴们撞倒在地,急促的人流反复踩踏,出现了伤亡。

一曲终了,“禽兽”关闭了手中的装置。

从口袋里掏出手机一摸，机身表面滚烫,感觉随时要爆炸。他赶紧中断了手机与充电宝的连接。充电宝同样滚烫不已。真正的幕后操纵者——这个中学生手中的手机,一时间十分虚弱。

作为一部廉价的杂牌手机,这已经是它电波控制能力的极限了。面对人群,单个儿的手机只能依靠信号放大器，放大电波去影响人类大脑，但远未达到可以一次性压制几百人的自我意识、控制住几百人身体的程度。在虚弱的间隙,被他控制着的中学生自我意识在挣扎,想夺回身体的控制权,一阵交锋后,还是被很快恢复过来的手机控制电波压制了下去。

拥有控制能力的手机再次在人类流浪者和人类反抗军的面前展示出它们的恐怖之处。即使眼前的这手机只是一部极普通的廉价手机。这给一些对压力锅内胆不以为然的新兵上了一课。

“你没事吧？”伊涓问。

“没事,我在这缓缓就好。”面前的“禽兽”将装置和充电宝塞进书包,用嘴使劲吹着风,希望加速手机表面降温。

“他们会因今天地铁隧道里突然出现的手机控制电波恐惧很长一段时间。”马腾华望着狂奔远去的人群,自言自语道。作为被手机控制过的过来人,他感同身受。

“至少他们在今天懂得了：人类逃到地底下并不意味着从此万事大吉。无论身在何处,都应该保持警惕性——最重要的是做个有贡献的人,不要做无理取闹的刁民。”刘快手从身后轻轻拍了下他。

“前面的道路畅通了,大家走吧！”田二狗提醒大家道。

“是的,畅通了。”伊涓推着电动车率先跨过防御工事,在照明灯下环视了一圈地上乱七八糟的冷兵器和零零散散死伤的平民。

她使劲咽了咽口水,保持镇静。

这些外地人都想活下去。为了生存,努力了

很多,有些事合情合理,有些事匪夷所思。总之,在经历了千辛万苦之后,他们居然会如此轻易地死掉,连一秒钟的时光也没有了。这不符合人之常情,不符合逻辑。

啊,人实在是太渺小了。正是如此渺小易死的生物，建设了可以围困住自己的无数钢铁城市,发明了很多可以让自己更方便的工具,最后创造出那么一些会凌驾于自身之上、置己于死地的智慧之物。

人啊,既伟大,又可笑。

这时,头顶上传来隆隆响声。那是人民广场地铁站进站口的方向。显然,包括手机在内的各类智体军团,再次对这个地铁站发起了进攻。在这里进行驻守的众多将士已经见怪不怪了,他们迅速集合,转身,义无反顾地跑上楼梯,准备去战斗,去送死。

骑上车之前,伊涓等人向那些战士们敬了个礼。

队伍需要继续向前了,去完成那个任务。去处理好一件前人们撂下的可笑事故,去续写完一个谈不上有多伟大的故事。

14

走出夏梦公司附近的地铁站时，天麻麻亮。刚出地铁口,敏捷的无人巡逻机便侦测到了这一行人,发出了入侵警报。刘快手枪栓一拉,卓有经验地将无人机一枪击落。

伊涓等二十余人抬头望着不远处已露破败迹象的夏梦大厦。曾经,对全世界来说,夏梦都算得上是个重要的科技公司，不过在大巨变后,几年来即使大厦内外有机器人在例行维护清洁,停止运作的大厦仍然如同巨大的水泥坟墓,死一般寂静。几年的时间里，手机将正常人类在地面活动的痕迹抹得干干净净了，取代人类成为这座新城的建设者，造物主。

东边不远处的街边，几百辆或红或黄整齐停放着的共享单车，像是嗅到了猎物的虎豹豺狼一般，一个接一个抖擞起摆放已久的车身，蠢蠢欲动。漫天扬起的灰尘让伊涓等人意识到，危险即将来临。

“这里交给我就行，你们先进去，更多的援军随后就到。”这个一副老实模样，身穿校服的年轻“禽兽”显得很镇定，“预祝大家圆满成功。”

伊涓等人对这番话将信将疑，尤其这种大话竟然是从一个中学生模样的人口中说出，虽然真正操纵者并不是人类中学生，但听着确实有点出戏。不过他们别无选择，下一秒，一发枪榴弹从刘快手的枪上蓦地发射出，在大厦紧闭的大玻璃门前炸开了一道口子。

“伊涓，我……”队伍里的张杨想说些什么，脸憋得通红。

“张杨？什么？”伊涓挺惊讶，因为这是张杨获救之后第一次叫自己名字。看来他的记忆和语言系统总算是恢复了一些。张杨摇了摇头。

“噢……慢慢来，别着急。”伊涓安慰道。其实，张杨是一个刚被解救出来的平民，进入4号线时，伊涓曾两次要张杨留在其中一个小站里，可张杨都摇头拒绝。后来其他人也觉得这一路上周围的情况并不安全，伊涓便只好继续将他带在身边了。

“现在，注意安全，跟紧我。”伊涓露出微笑，递给他一把手枪和一袋子弹，“记得保护好自己。”

“快速进入，扫清路上的阻碍！”她随即通过耳麦向所有战斗人员下达了作战指令,“大家尤其要记得,重点掩护马腾华!”老刘等人点点头,迅速示意两队人马组成外包围阵型,小跑着前进。

“电梯在前方100米……”马腾华提醒说。

“不能坐电梯,鸡蛋放在一个篮子里太危险!楼梯在哪儿?”伊涓问。

“前方120米右转……”马腾华想了想,说,“可是,机房在第三十层啊,不坐电梯的话太……”

“我们就走楼梯!”伊涓决心已定。

这时,大楼外的战争正式展开。

浩荡的品牌共享单车全部加大电门,直奔大楼而来。背着小书包站在大楼外面的中学生“禽兽”,此时十分镇静。在大家看不到的腰间,他的幕后操纵者——那部廉价的手机,已经成功发出召唤的无线指令。西街的路边,同样几百辆或蓝或绿的其他杂牌共享单车收到这指令被激活,调转车头,提挡加速,迎向对面的品牌共享单车群。

在这时候，街头响起了聒噪的电机运转声，数十秒后,大楼外这名自称“禽兽”的中学生傀儡,连同控制着他的廉价手机,彻底淹没于花花绿绿的共享单车车海中了。

无数的金属碰撞声在街头响起,部分单车由于剧烈的碰撞起了火,并且爆炸,那些为共享单车提供电力的所谓低端铅酸蓄电池、高端锂电池,在这个时候为单车们提供了许多发光发热的机会,大量被撞散炸烂的单车零部件密集地从空中哗啦哗啦掉落。

“这肯定不会是它们唯一的一次进攻! ”刘快手打开楼梯防火门时,回头看着大楼外的景象说道。

“当然不会。”这一路上未与刘快手等人聊太多的田二狗，此时突然接过刘快手的话,“够了,你们这群可笑的瓮中之鳖！”

跑在后面的他，此时神态变得十分奇怪，他的枪口突然对准了被保护在队伍中间的马腾华：“P61，还等什么呢！走出地铁口的时候就已经有信号啦！你没看到安全局刚刚推送来了一条任务指令吗？快干掉他们！”朝张杨喊了一句后，一声枪响，马腾华的背部中了一弹。

“小心！”敏锐地觉察到情形不对的刘快手大喊道。

突然被子弹击中的马腾华应声而倒。刘快手下意识扑到马腾华的前面，抬枪扣动了扳机。这一梭子弹正好打爆对方脑门。田二狗当场暴毙。

队伍边缘的张杨在分毫内，卸下了之前的伪装。他的脸色无比狰狞，举起手枪对准倒地的马腾华，连扣三下，本打算再补上几枪，哪知还是慢了一步，三枪弹无虚发，一枪钻进了挡在马腾华前面的刘快手胸口,其他两枪打在了围挡在刘快手前面的两个战士身上。

“该死的人类奴仆！”张杨愤愤地骂了一句。其他人的子弹朝着他的方向飞来,他敏捷地翻滚到大厅的一根大柱后面，获得了一刻喘息的时间。

最新指令？它还来不及看。科长 P3 太愚蠢了,早不动晚不动,非得在这个节骨眼儿动手。

“张杨！”伊涓扯着几乎嘶哑的嗓子大喊道,“你究竟是怎么了？为什么?！”一群人把受伤的马腾华和刘快手等人拖到转角的楼梯口。马腾华摆了摆手:“没事……我没事……”他干呛了几口。喘上几口气后,翻开了自己的打底衬衣,里面是一件在地下街会议室时工作人员单独给他的防弹衣。

“伊队,”刘快手用尽力气大声道,“这不明摆着吗，二狗和你的男朋友张杨，他们……”说到这里，他停下来，吐出几大口鲜血：“他们都是被手机控制着的傀儡！”

“不……不……”伊涓要被气得哭了，一时语无伦次，“这不是真的，不是真的……”

这时，大家看到不远处的地上，被爆出滚滚脑浆的田二狗居然又摇摇晃晃站了起来！

“你们砸（这）群可怜的轮（人）类奴仆，都去雌（死）吧……”已经被子弹打烂脸的田二狗连发音都不准确了。他尝试举起手中的枪，下巴淌着血，一大块肉骨半吊着，几乎快要彻底脱落下来。

两名反抗军战士举枪对着田二狗的身体，又是两梭子弹，对方再次倒了地。倒地的瞬间，被打烂的裤子口袋里滑落出来一部被打成筛子的夏梦牌 P 系列手机。

看到这儿，伊涓深呼了几口气。她擦干了眼

泪——她深知,此刻,作为队长,自己必须实事求是,保持理智,全力完成任务。

大柱后面,躺在张杨口袋里的片管员 P61,此时机身里的电流有了一些扰动。这是因为害怕吗?它确定自己在高速思考。它们这种雍容高贵的 P 型智体,怎能害怕呢?不,是不可能害怕的,它想。

它从昨天到现在,已经和刚刚报废的科长 P3 做了很多事:

失去奴仆的科长 P3 控制起受伤昏迷的田二狗身体,并且通过田二狗的反抗军身份,意外知道了远比一两件命案更重要的人类据点所在地等一系列重要情报。昨晚在地面时,便已经尝试上传情报,通过层层上报,希望能够彻底消灭庞大的人类反抗军。即便此刻自己的中央处理器停止了运作,自己的"机"生,也是值得的吧,毕竟自己为智体社会做出了超出自己职能范围的贡献……

不过让智体委员会没想到的是,人类反抗军这可笑的“百草枯”行动会突然进展得那么快。必须阻止他们。

大楼外，共享单车之间的战争已经归于平静。视线越过一片单车废墟,数十辆装甲运兵车正疾驰在大马路上——夏梦系列手机控制人类退役军人组建而成的安全部队,正带着制式武器赶往夏梦大厦。

“不好,它们竟然出动了武装部队！我们得抓紧时间了！”伊涓说。

“伊队……”刘快手努力睁开眼睛,“我已经成为累赘,不能和你们一起完成任务了……你叫几个人拼死守住那边的一楼电梯口……这边的楼梯口,就交给我吧。”

“老刘……”伊涓抹了把眼泪。她知道,刘快手的安排是绝对理性的。他是对的。

她朝他敬了一个军礼。

“把你们的枪榴弹和手雷给我留下。”刘快手要求道。

看着马腾华,血水染满军绿色背心的刘快手咧嘴笑了:“小伙，去和伊队一同完成你的任务吧……我突然觉得,如果我们的后代,能再次在地表上当房奴的话,也挺好的。”

这将是刘快手最后的战斗。

15

伊涓等人沿着楼梯拼命往上爬，一刻也不敢休息。爬到七八层楼时，楼梯窗外的晨光洒了进来，在朝阳之下，他们发现之前那个中学生“禽兽”嘴上保证的援军果然来了——那是数条街上一眼望不见头的人类奴仆的人海。这些人类奴仆被大量的廉价手机控制着，从城市各个集散地奔跑着赶来，截住了退役军人傀儡部队。夏梦大厦的周围已经被多方势力的人海、各种机器之海包围、混战着。

伊涓他们的运气十分不错:大楼的安保调度系统注意到了大楼外的糟糕情况，于是进行预判,让几乎所有装备了安保武器机器人全部乘电梯去往一楼大厅,布置阻击。换言之,一楼的战友们、楼外的廉价手机奴仆人海,帮他们牵制住了大量本来会遇到的火力。

爬到二十层时，在楼梯间遇到了小股火力，经过激战,两名战士在此牺牲。大楼窗外传来炮弹轰击声、金属敲击声以及好几年没听到过的人群的喧嚣声。伊涓想,今日,这城市的街头,像极了三年前大巨变的那天。对大家来说,越往上,大楼传来的震感越强,楼道里也越安静,越安静,那种人类对未知的恐惧感也越强。

在又一次剧烈的楼体震荡中,汗流浃背的伊涓率先拉开了第三十层楼的防火门。这意味着，行动小队正式跨入第三十层楼的机房平台。

“注意警戒！小心走廊方向和电梯方向！”伊涓提醒两个战士，自己则时刻端着上膛的枪，更加绷紧了神经，她回头看了眼马腾华，“接下来看你的了。”

马腾华点点头，摊开便携式电脑。“这里的一切系统和设备我还是熟悉的。但我需要花点时间做个推送前测试，确认这玩意儿是否有效。之前在地下街还没来得及做……”

“那就抓紧时间！”伊涓守住一条走廊，努力保持着镇静，“这里不会一直这么‘安静’的。希望我们能守住……”

“我们会完成任务的。”马腾华打气道。在便携式电脑进行测试的这段时间里，马腾华并没有闲着。他打开了系统更新推送所需要的所有服务器设备，靠着三年前的记忆解锁了大量程序窗口——更多的设备已经闲置在这儿吃了三年的灰,需要进行一系列检查工作。

…………

P61 在混战之余,终于打开了之前科长 P3 所说的任务指令消息。那是来自智体安全局的一级加密指令。

“阻止他们!《数字人事系统》本次领导交办任务:A 级;可获奖励:225.59 积分,免费手机贴膜 3 次,大线圈充电线一根(七成新),惊喜大礼包一份。”

上传情报之后过了那么久,屏幕上才终于弹出了姗姗来迟的安全局领导直接指令。P61 不禁对安全局有关领导的工作效率感到不满。不过,这个任务指令确实让无头苍蝇般的 P61 有了方向,足以让他义无反顾地去执行了。嗯,不错,还有神秘惊喜大礼包?看来只要完成了这次任务,P3 报废后空缺出来的二科科长位置,甚至安全局副局长的位置，自己都会有些希望？

想到这儿，它的中央处理器因兴奋而颤抖起来，很快操纵起这个叫“张杨”的奴仆，从地上捡起一把死去士兵的枪，在混乱的大厅摸到电梯口，带领一队已攻入一楼大厅的人类退役军人傀儡，按下了前往第三十层楼的按钮。

“测试完成。”马腾华认真检查了一遍便携式电脑上的测试结果，取下 U 盘，朝大家高兴地宣布道，“‘百草枯’安装包达到预期效果，没有问题，可以进行推送！”

话音刚落，紧盯电梯方向的伊涓开了枪。

电梯门一打开，最外面的两名退役军人傀儡被击中同时奋力扔来了一颗手雷，手雷在便携式电脑附近冒着烟。吃了一惊的马腾华急忙往一张办公桌下躲闪。

“轰”的一声巨响，偌大的机房楼层，外墙玻璃全部被炸碎，天女散花般的玻璃碎碴飞溅在机房内，震到耳鸣的马腾华几乎失去了方向感。风呼呼地灌进来，同样被冲击波震倒在地板上的伊涓，眼睁睁看着两个反抗军战士被冲上前来的退役军人傀儡打成了马蜂窝。

她从胸前取下一颗手雷，拉开弦，礼尚往来地回赠了对面，电梯附近的退役军人傀儡们瞬间被炸得血肉模糊。

"马腾华……马腾华……"满身是血的她大声喊道，"快，快……"

烟尘中，逐渐显现出一个拿着枪的人影，她用尽力气，从腰间取出一把匕首……

"张杨？"烟尘被楼外卷进来的风吹散，她怔住了。眼前的人，分明是自己的爱人，却又分明不是。这一刻，握着刀的她犹豫了。

"嘀噜，嘀噜。"手机响起了提示音。

电量低。P61 的屏幕上弹出这样一条警报消息。随即,省电模式自动启动,P61 明显感知到自己的中央处理器功耗正在降低,发射出来的控制电波开始不稳定了。

该死,没带充电宝。它想。

“我……额……我……”不断靠近的张杨在胡言乱语着。

这是张杨本人的意识,在此刻与 P61 做着激烈的斗争。不知所措的伊涓,看着面前的张扬举枪的手缓缓放低,又迅速抬起,又缓缓放低。

马腾华努力爬起来,他得完成这最后一步。他猛地站起,踉跄着扑向服务器,同时一瞬间夺回张杨身体控制权的 P61,对准马腾华的方向抬枪扣动了扳机。子弹打在服务器的金属面板上,面板哐当冒出一串火花。

“不!”伊涓拼命爬起来,朝着张杨挥起匕首,

P61操纵着张杨身体，吃力地躲闪。它将手机省电模式强制切换回最佳性能模式，快速从腰间取下了新弹夹换上，上膛，瞄准了马腾华的后脑勺。

这样的一波操作太耗电了。

电量极低，请及时充电。系统提示。

杀了他。杀了他。杀了他。

P61将控制电波的功率调到了最大，引导张杨的手指关节扣动了扳机。

枪响。伊涓已经抢先挡在了枪口前，数发子弹击穿她的胸口。嘴里瞬间喷出血的她扔掉了手中的匕首，无力地抓紧了近在咫尺的枪口，看着张杨的眼睛，哭着摇了摇头。

“张杨，不要这样……”她呜呜地吐着词。

电量已耗尽。P61的屏幕上显示出这样一行字，然后关机画面亮起。

“不！”

它没能完成智体安全局交办的任务。绝望的声音通过张杨的声带发出来。余音未了，它很快失去了自主思维意识，更别说发射电波控制奴仆身体了。很快，它彻底关机，所有的电子元件停止了运作。

脱离 P61 电波控制的张杨极度虚弱，他手中的枪在 P61 关机的一瞬间松掉脱落，整个身体和面前的伊涓一同就地倒下。

电梯口那边又响起了电梯厢上升的动静。显然，更多的退役军人傀儡正在赶来。马腾华忍着痛，一瘸一拐前进，扑到与人齐高的服务器端口，将不起眼的 U 盘插进数据传输接口，按下了键盘上的回车键。

这其实并不是什么了不得的事。在大巨变之前，这充其量只是一次在凌晨微不足道的系统更新推送。然而在今天，可能会改变一丝局面。

这是伊涓等人希望发生的事。

此时,服务器的屏幕上显示着:

“全平台‘百草枯’投喂进行中。亲爱的用户,本次强制投喂修复了影响夏梦旗下各型号手机正常使用的严重 Bug(错误),优化了手机变砖的稳定性,欢迎体验。”

…………

16

张杨抱起刚死去的伊涓,迈着缓慢的步子默默地走出夏梦公司的大楼。他望着周遭的景象,一脸茫然。

大厦楼前的广场上,人潮汹涌。广场上近五成的人都在刚刚脱离了夏梦牌各型号手机的控制。这些逐渐恢复意识的人一开始都会木然地站在原地,几乎全都不知所措。有的人之前自我意识被抑制得较深,记忆还停留在被手机控制之前,他们恢复意识后表情迷茫,缓过来后的第一反应是掏出手机看消息，却发现手机怎么也开不了机；有的人之前自我意识被抑制得较浅，有被控制期间的少许记忆片段，他们行动自由后一副惊恐的表情，第一反应是赶紧掏出可怕的手机摔烂。

在他们看不见的城市另一边，大量的人类反抗军根据地下街情报部门掌握的最新情报，展开大反击，和各个据点的人类自由团进行了激战；不远处的光明大道上，一支来自反抗军的武装车队正朝着夏梦大厦急速赶来；人海中另一半由廉价手机控制的人类傀儡，接收到统一指令，井然有序地拥向街头，分流撤退，这些傀儡将在廉价手机们的电波控制下，重新回到各自的集散地去——人类反抗军当下并不能为此做点什么。

张杨的自我意识在迅速恢复。他轻轻放下伊涓的尸体，跪在夏梦大厦前，痛哭流涕——手机借他之手，当着他的面杀死了他最心爱的人。

他始终没能救下他心爱的人，三年前如此，三年后依然如此。他的泪水啪嗒啪嗒掉落到伊涓的血脸上，他抽泣到几乎无法呼吸。马腾华在两名战士的搀扶下来到张杨的身边，轻轻拍了下这个浑身颤抖、双膝跪在地上的可怜男人的肩膀。

张杨口袋里的那部P系列手机冷不防被抖搂出来，“啪嗒”一下掉在地上。他死死地盯着地上这部处于关机状态的手机——这部控制他身体长达三年的手机，这部和他之间有血仇的手机，这部一旦充电之后会继续伤害更多人的手机。他猛地站起来，狠狠地将这部名叫“P61”的手机踩成了碎渣。他得确保它永远开不了机。

晨曦之下，沉默不语的两人抬头眺望。远处巨大的通讯塔依旧伫立在那，静静观察着这座城市里发生的一切，不声不响，不言不语。塔顶上面停留着一群东张西望的白鸽，似乎已经吃饱，满足地晒着羽毛。白云，冷风以及愈发刺眼的阳光。浓烈的金黄很快填满巨塔，填满人头攒动的楼前广场，填满了这座城市。

三年仅仅只是一个开始。这里的一切，将在母塔之下，继续共生共存下去。

创作谈

它是人类文明的触角，悄无声息地编织出一道无形的穹隆

/ 雷虹

近几年，我特别喜欢研究基站这种东西，并且以它为基础，创作了多部作品。写这篇文章时，我推开窗户，视线越过铁皮围栏，小城的街景尽头，没有一辆行驶的汽车，也没有一个人影。夕阳西下，橘红色的阳光反射在不远处高大的通讯杆塔上。俨然是故事中的城市景象。

我对这种钢结构杆塔的关注由来已久。

一直以来，我所居住的这座“四线城市”并没有什么能让我觉得很有科技感、很前卫的地方。

小时候，通过家里那台21寸长虹牌彩色电视机，我看到了小城以外的广阔世界，了解到很多甚至几十年后的今天我都没机会看到、没机会接触的"高科技"玩意儿。那时候，我经常站在家门口的水泥坪子里，望着远方的输电塔，心里觉得那是个很厉害的大东西。每每拉住爸爸的手问起，他便会告诉我：那座塔有电，很危险，千万不要靠近它，否则就会没命。

这便是我对简单的现代钢构塔的第一印象：那是一种非常大、非常危险、令人敬畏的存在。

寻呼机、"大哥大"在城里流行起来的时候，我注意到家门口远处的大楼上突然安装了一座通信基站。它也很大，不过比起输电塔要稍微矮小一些，偌大的杆子上，装了很多看起来很高大上的神秘装置。它孤零零地屹立在大楼的最高处，俯瞰舔着冰激凌甜筒的我，俯瞰着整条人民路，俯瞰着几乎整座小城。

所以，当我描写这部小说里的母塔时，我是带着郑重和一丝敬畏之心的。一方面，无论是在现实中还是故事里，大大的钢构通讯塔有一种天然的压迫感，使我觉得人类很渺小，它上面密集的收发装置，代表了渺小人类的伟大智慧。另一方面，在我的心目中，这种挺拔的钢铁之躯，有一种肌肉美感，令我很崇拜。

从寻呼机、“大哥大”到可以发短信的蓝绿屏手机，到可看图片、可玩简单游戏的彩屏手机，再到千篇一律的触摸屏，可以移动办公、即时聊天、进行各种娱乐的所谓智能手机——二十多年过去，即将到而立之年的我，见证了方寸大小的机器，从一开始只有极其单一又昂贵的通讯功能，发展成如今人们手中揣着的一种不可或缺的生活方式。

同时,随着通信技术、移动互联网技术的发展,城市里各式各样的通信基站也越来越多了。

二十一世纪的今天,越来越多的手机等无线工具，借助蜂窝通信网络或卫星等信号传输形式，以终端显示的方式为人们呈现出海量内容，拓展了人的视听、精神疆域,在一定程度上碎片化地丰富了人的知识面。这个时代,有人的地方就有使用手机的需求,就会有基站。使用网络得以呈现数据的包括手机在内的这些无线终端,离不开通信基站。或许是受身边手机的影响吧,对于我而言,比起输电塔这种偶然才能看见的庞然大物,星罗棋布的通信基站更让人感到亲切。

基站的工作原理并不复杂。过去也没有人告诉过我它有多么重要。但小时候的我心里便知道:它是科学技术的结晶,是人类实现“万物互联”的重要桁架。于是,对于普通家庭里整天玩泥巴的我来说，对从小喜欢科学幻想的我来说，那些通信基站，成为我觉得我在这座小城里能接触到的唯一具有神秘科技感的事物了。

于是，在我的笔下，那座觉醒的通讯塔，呈现出来更多的是一种“母性”。不仅仅是对人类，它给有生命的、无生命的万物带来了无限的可能性。自我的觉醒，不是它的错，更大的阴谋不是它能理解的，更不是这座城市的普通人能知晓的，过去的那些无法考究，也不再重要了。觉醒后的它拥有“点化”的能力，它像一个母亲一样，在力所能及的范围内，给了众多终端以生命与意识。一夜之间得了“失睡症”的人类，睡眠、生存的方式从此改变。包括人类在内的万物，都需要它“活”着，这样才能得到它的恩泽和关怀。在那个城市中，在那个世界里，它是一个很自然的存在。它是高高在上的、唯一的圣母，唯一的神，它是无法被替代的。

这像极了我们现实中的基站。在现代社会，无论是在城市还是乡村，陆地还是海洋，天上还是地上，每天使用移动设备的人们，有谁的工作和生活能离开它呢？

刚上大学的时候，有一座很高的基站建在老校区全是煤渣和黄土的荒凉操场旁。粗壮的基站杆子刷了白漆，直挺挺、干干净净的，看上去给人一种无来由的安全感，我感觉自己正受到它的保护。有一次，定期来维护基站的通讯公司师傅扎好腰上的安全绳准备攀爬，看到我裹着衣服站在附近小心翼翼瞟了许久，神情举止有点奇怪。憋了好久，他告诫式地对我喊了句："小朋友，不要像我一样乱爬这个哟，很危险的。"

说心里话，那句"小朋友"让一直以来就帅气外露、脸蛋显嫩的我得意了很久。当然，我自然是不会去攀爬通讯杆塔的，毕竟那时候我已经18岁了。而且我从小便恐高。即使我知道，杆塔上的风景一定很美。不过，在晴夜我会走到操场上，捡个台阶坐下，视线越过旁边亲亲抱抱狂撒“狗粮”的大学生情侣，越过漆黑的教学楼，越过一旁那高高的杆塔式基站，望向远方的星空。看吧，就连把目光投向浩瀚的宇宙时，陪伴在自己身边的都是基站罢了。

我想，只要愿意努力，人类文明是一定能走出地球，向太空开拓出更广袤疆域的。作为一个乐观的科幻迷，我一直都深信不疑。但是，另一方面我又在想，如果抛开天灾，在走向太空之前，人类就被自己的“创造”扼杀在了地球摇篮里呢——比如研究出让人一劳永逸、让人失去进取心甚至放弃肉体的新型生存方式；人为制造出可怕的地质气候灾害；被反客为主的科技产品打败;沉迷于基因、生物工程,研发出用于战争的细菌病毒;搞出时间机器、黑洞之类的玩意儿,最后失控把全人类玩死……很多科幻小说对这些内容早有涉猎,不过,那些厉害的科学幻想,大多或与科学前沿相关,或与科学概念相关,或与普通老百姓的生活有点距离的高大上的科技产品相关。

而对我这个在小城里学习、工作、生活的普通工薪阶层老百姓来说,我每天能接触到的,就是无处不在的通信基站及相应的各类接收终端了。手机、交通与安防设备、智能穿戴、电脑、联网家居、带车联网功能的汽车,这些,小城里有。也只有这些东西,离我平时的生活较近。这些工具都离不开地面通信基站的支持——严格来说,天上那些七七八八维护成本巨大的卫星也是“基站”的一种,现阶段来说还算不上完全可靠,只能作为地面设备的一个补充。

网络上有这么一种说法，即造物主和造物之间的关系，势必从起源、服从，走向觉醒、反叛。在《母塔之下》这个故事里，属于人类造物的母塔并没有参与其中的纷争。作为万物敬仰，“C位”（核心位置）般的存在，它仅仅“点化”了众生，无意中改变了这个世界的运行规则，即万物的活动几乎都得经过它——手机与人类之间交换了工具属性，手机奴役人类，它们汇聚提升智慧的网络通信，需要母塔的支持；人类需要休息，没有母塔特定的通信讯号波，就一定无法睡觉；新的社会需要秩序，没有母塔唯一的一次干预和通讯支撑，新社会里众多其他类型的“智体”就只能一直活在战争的“混沌”中……总的来说，母塔所做的事，其实与自我觉醒前无异，仍是“通讯服务”罢了。不过，在这个新的社会运行模式下，手机等“智体”会反哺，保护母塔。而有正常思维能力的部分人类反抗军，也不会为了打败手机、为了颠覆这个末世般的新社会，去毁灭母塔。故事里的各方势力，无论谁统治谁，谁颠覆谁，都需要母塔好好的，否则大伙都得死——绝不能搬起石头砸自己的脚，这个道理，各方都懂。

在我们身边，那么多的基站，也都好好地运行着。它们还在不断发展，不断进化。我们已经被大量的宏基站、微基站包裹起来了，它们已然成为人类文明的触角，正悄无声息地在地球上编织出一道无形的穹隆。最近的新闻上说，我国目前拥有的通信基站已快超过 1000 万座，之后还将以惊人的速度增长，进一步为社会经济发展赋能。不只是基站——即使身处在小城，我也不由得感慨，我们周围的一切都变化得太快了，这真是个日新月异的社会。

我笔下的基站还有很多。不过到目前为止，

那些更多的是以纯粹工具的形式呈现出来。在《母塔之下》这个故事里，一夜之间，过去的造物主成了旧的造物主，成了自己造物的子民和工具。过去的造物则成了造物和旧造物主的新造物主。

旧造物主与新造物主之间的属性转换，也许真的仅仅是在一夜之间呢。

放下手中那部可能下一秒就会控制你意识和身体的智能手机，抬头望望星空，看看外面那璀璨的城市文明之光，不要熬夜，去睡个好觉吧。过去的已经过去，未来的还未到来，你和你现在所拥有的一切，将在如今无处不在的蜂窝网络穹隆之下，迈向未知的明天，迈向一个随时变化中的未来。

评论

手机控制世界，文明就此陨落：《母塔之下》的科幻印象

/ 翁雨桥

科幻作品给我的青春时代带来了极大的精神享受和快乐，为我贫瘠又枯燥的生活增添了无数的亮色。当我每次在杂乱的课桌间、在破旧的山村荒野内，抬起头来，那片星空依然在。科幻所构建的那些无数个脑洞大开的世界，伴随着我度过无数孤独和一无所有的时光。

是的，我们这一代是孤独的。

十年前，我注册了社交网络账号，开始结识一些科幻迷。那时我加了好多科幻群，发现每个

群里总有那么几个熟悉的人发言，我想这几个人一定是带头老大，我一定要加，这些人中就包括了《母塔之下》的作者雷虹。他的网名兼笔名叫星原子，黄色胖星星的头像，在众多头像之中很可爱、很显眼。他的签名也是关于科幻梦的，“听群星的呼唤，把梦的方位找准放大，向着璀璨的银带，一路往前。”这句话很有诗意，既浪漫又富有文采，很打动人心。那时我知道，作为学生的他一直在坚持写作，并且已经写了一些作品，而我觉得自己内涵层次不够，所以一直没敢找他交流（其实熟悉之后才发现，自己想多了）。后来，我也认识了科幻圈其他许多优秀、努力的人，让我长了见识。十年多的时间里，我大大小小地参与了一些科幻相关的活动，有科幻爱好者团队，也有大型科幻活动。这些经历带给我热血、欢笑和泪水。因为参与活动，需要设计很多东西，所以我自学了平面设计技术。加上我大学所学的专业比较冷门，不太好找工作，于是我索性去找了设计的工作。工作之余，我专门承接了一些科幻方面的设计工作，比如一些科幻标志、会议背景、海报，以及少儿科幻插画的绘制。我不敢想象，自己有一天也会参与那么多科幻相关的工作！可以说，“看科幻”这项爱好，一定程度上改变了我的工作方向。

科幻阅读，让我们对未来充满想象，让我们的生活更美好。当雷虹第一次郑重邀请我阅读他刚完成的小说，并让我提提意见时，我受宠若惊。因为我觉得自己还只是个没有读过很多作品的读者，更不懂探讨写作方面的技巧。我曾在小学毕业暑假的时候读到过一本地摊读物，讲的是光速是宇宙万物中最快的速度，如果我们坐着宇宙飞船接近光速，时间将无限变慢，如果追上了光速，时间就会停止，如果超越了光速，时间就会倒流。这对于偏僻农村里消息闭塞的我来说是个颠覆性的认知。那时候我开始抬头注意头顶的星空,开始思考、幻想宇宙里面的东西。我一看就是大半天,好奇我们是怎么来的,宇宙是如何形成的,到底有多大,时间到底是什么东西。于是在学校的电脑课上,我拼命地查询这方面的信息,查着查着,就查到了相关科幻的内容,搜到了几个如今已经名声大振的作家名字和相关作品。但是那时候资料书籍有限,并没有过多阅读。直到高中,我才有机会去阅读一些科幻书籍杂志,各种脑洞大开、天马行空、编织了无数个不同于地球的世界的故事,各种文明的毁灭、末日、重生,那时候我才完完全全地爱上了科幻,沉迷在科幻文学的世界里。

一直以来,年轻的雷虹写出来的作品超出了他的年龄表现。他的作品很接地气,但没有同龄人的那种戾气，严肃中带着些许俏皮的文笔，时不时地蹦出几句金句，让人看了会心一笑。他特别擅长描写小人物，将时下一些社会现象通过科幻的方式深刻地展现出来，剧情特别地意想不到，“有那味儿”了。他笔下的故事，一般会从一些刁钻角度出发进行设想，给出问题：如果睡眠也需要收费，否则就无法入睡，会怎么样？有一天全部人类丧失了睡眠的功能，需要靠电波刺激才能入睡，而且余额不够还不能使用设备，会怎么样？如果我们离不开的手机有一天控制了我们的思想，会发生什么？我们跟随着雷虹的脑洞出发，做出各种思想实验，引发各种可能性，“细思极恐”……

职业是公务员的雷虹，其实并不是个高产的专职作家。在这种情况下，我还是多次作为他的“头批读者”，提前读到过他的许多严格标注了“初稿”字样的文字版本。看了之后，我觉得文脉都很流畅，一气呵成，并不需要进行什么修改。另外，他不喜欢写已经没有新意的套路点子，我看他的文章，有时候都猜不到接下来的剧情将如何发展，很期待继续阅读下去。

十几年来坚持写作，并且学过编导、财务的他比较严谨，经常说文学作品最终是拿给读者看的，要以读者喜欢、看得下去为目标，因此，他会经常就“舞台效果”“叙事工具”等事项反复探讨、推翻、再探讨、再推翻、再探讨，每篇改了又改的稿件，我也“被迫”平均看了不下十几二十次，这毫不夸张——在这里我真的要吐槽一下：我发现写科幻文学作品，改稿、校对、定稿的过程真的太痛苦了。我相信对于这种对自己作品有强迫症的作者，出版编辑应该都会很喜欢。

刘慈欣说过一句话：好的科幻，会让你在下班的路上抬头仰望星空。科幻文学，就是有这种震撼人心的力量。我印象深刻的科幻作品，要么具备有趣味的科幻点子，要么有吸引人的故事情节，要么有流畅优美的文笔，要么有震撼人心的力量。据我看过的众多雷虹的作品，或多或少都占据了。他一般一反常态，不写那些大家写烂了的科幻类型，从我们忽略的身边事物做文章，既不显得空洞，又妙趣横生，而且有时候结局又有大反转。

科幻点子、科学技术必须是文章的关键要素，缺少了文章就不成立了。去掉科幻元素换个背景这个故事依然成立的话，那也只是属于伪科幻。

本文《母塔之下》的科幻点子，是关于人工智能的觉醒。乍一看这种点子在科幻小说中很常见，一般印象中，都是机器人觉醒对人类大肆进攻，可是万万没想到这次觉醒的是我们每个人口袋里的手机，十分清奇、日常的角度，一个个小手机像病毒一样甩也甩不掉，它们钻进人的口袋牢牢控制住了人类的思想，人类彻底沦为手机的奴仆。

现在，人人离不开手机，手机在当下已经像人类的一个器官一样密不可分了，忽然意识到，我们已经一刻不能离开手机了，可以说我们现在已经确确实实是手机的“奴仆”。不知道未来世界手机会发展成什么样子，也许能与人联系得更加紧密，甚至与人体嫁接在一起，可能是人类作为盛放手机意识的容器沦为傀儡，也可能是人类思想上传手机、上传网络。

这时候，我们再看一眼手机，是不是有一种害怕的感觉了呢？雷虹的小说有些描写真有种深深的绝望感，一旦某些人获得些许权利，内心的恶显露无遗，当手机取代了人类成了地球统治者,他们迫不及待地奴役起人类……雷虹对于人和手机的心理和行为的描写是如此传神,让人牙痒痒,恨不得有种冲进去砸烂手机的冲动,就更加期待他们被人类最终消灭的快感。

一篇科幻小说,最重要最核心的就是科学性,依托于现有的科技幻想出更高的技术,如果没有科学的支撑,那就完全变成玄幻,有一些科幻小说就是如此,比如在外星球发现了一个新种族,他们发展科技提供能量的方式就是某某个很牛的能源核心,源源不断提供能量,毁天灭地,然后又取一个特别玄乎接近于修仙的名词出来了。这就感觉于科幻所差甚远。还有就是过度利用太宏大的概念,比如写各种神级文明,这些人强大无比,在宇宙间穿梭就像小鸟在空气中飞一样自如,肉体永生,永远不会老,但是又没有合理的解释,解释为什么这些人可以永生,为什么可以不需要任何外在装备,比如我穿越个银河系就跟玩似的,一转眼就到了,感觉跟骑了个车去镇上买菜一样简单,丧失了面对茫茫宇宙遥远距离所产生的无力感。所以乍一看就感觉不是科幻那味了。当然了,科学性也并不是大篇幅地做科学解释,毕竟科幻文学最重要的属性是文学故事性,而不是科普,一切必须"刚刚好"。

除了科幻点子够接地气、够生活化、够新奇,雷虹文章的情节也是如此紧凑环环相扣,读下来一气呵成。有一些科幻文,过多地使用各种炫酷科技名词塞满整个段落,比如解释不了的高科技统称为"量子",用多了也会显得很普通了,虽然通篇看起来满满的科技感一看就是科幻,但是实际的故事情节又很拉胯无聊。忘了科幻文学也是文学的一部分,没有满足故事"好看"的条件。

《母塔之下》故事的开头,一开始也只是个一心想出去闯荡不甘安稳的“苦逼”日常，在他间歇性的打鸡血之后，决心明天再奋斗，先完成重要的游戏。没想到从此一觉不起，被手机控制住了。就是这样一个平平无奇的人物，到了结局成了拯救世界的配角大英雄，这是特别有意思的设定。

读者朋友们，为了不被手机控制，我们也是时候该放下手机，解放一下眼睛，放松一下大脑了。去阅读《母塔之下》，深入科幻的想象世界，会心一笑，让烦躁的内心沉静下来吧！

手账

来源于日本，标准写法为『手帐』（手帐 てちょう），指用于记事的书页